JN054234

龍の試練、Dr.の疾風

樹生かなめ

white
heart

講談社X文庫

目次

龍の試練、Ｄr.の疾風――8
あとがき――222

橘高正宗
【きったか まさむね】
清和の養父。
眞鍋組顧問。
祐
【たすく】
眞鍋組の参謀。
安部の息子のような存在。
安部信一郎
【あべ しんいちろう】
正宗の右腕であり舎弟頭。
眞鍋組組員の信望が厚い。
橘高典子
【きったか のりこ】
清和の養母。
リキ
清和の右腕。
眞鍋の虎と呼ばれる。
橘高清和
【きったか せいわ】
眞鍋組二代目組長。
氷川の恋人。
氷川
氷川諒一
【ひかわ りょういち】
清和の恋人。
明和病院に勤める
美貌の内科医。
人物紹介

京介
【きょうすけ】
ホストクラブ・ジュリアスの人気ホスト。ショウの幼馴染み。
サメ
眞鍋組の諜報部隊トップ。
吾郎
【ごろう】
清和の舎弟。
ショウ
清和の舎弟。
眞鍋組の特攻隊長。
卓
【すぐる】
清和の舎弟。
箱根の旧家出身。
宇治
【うじ】
清和の舎弟。
信司
【しんじ】
清和の舎弟。
摩訶不思議の信司と呼ばれる。

イラストレーション／奈良《なら》千春《ちはる》

龍《りゅう》の試練《しれん》、Ｄｒ.《ドクター》の疾風《しっぷう》

1

僕の空耳じゃない。

威嚇するような声で『眞鍋組《まなべ》』だの『眞鍋の男』だの『眞鍋に詫《わ》び』を連呼している。

また長江《ながえ》組の誰かが僕を攫《さら》おうとして乗り込んできたのを阻止したところ？

それなら、まず、僕の職場から連れだすことが先決だ。

ショウくんや宇治《うじ》くん、卓《すぐる》くんたちじゃないのは確かだけど、サメくんに変装した銀ダラくんやイワシくんたちはどうして止めない？

ここは病院だ、と氷川諒一《ひかわりょういち》は心の中で眞鍋組構成員たちを非難した。白衣の裾《すそ》を靡《なび》かせ、罵声《ばせい》が聞こえてくるほうに進む。

思いがけない長江組の分裂により、眞鍋組との抗争の幕は下りた。

そう安心したのも束《つか》の間《ま》のことだ。長江組と眞鍋組の抗争の幕は下りていなかった。舞台裏が複雑すぎる。

もっとも、見る者によっては単純なのかもしれない。

勤務先の明和《めいわ》病院に長江組構成員が忍んできたのは、つい先ほどのことである。眞鍋組の二代目姐《あね》として遇されている氷川は拉致《らち》されそうになったが、病院内に潜んでいた諜《ちょう》報《ほう》部隊のメンバーに助けられた。予想だにしていなかった事態に衝撃を受けたが、サメに扮《ふん》した銀ダラに宥《なだ》められ、内科医としての自分を取り戻したのだ。

不幸中の幸い、患者やスタッフにはなんの被害もなかった。それ以後、何事もなかったかのような時間が流れていたが。

今日は定時で上がって帰宅し、愛《いと》しい男を問《と》い質《ただ》すつもりだった。

なのに、病棟の奥まったところにある階段の踊り場で、体格のいい青年たちが数人で黒縁メガネをかけたひとりの少年を囲んでいた。

「おいおい、俺らを誰だと思っている。眞鍋組の男だぜ」

これみよがしに背中の阿修羅《あしゅら》を見せつけている男が脅すように言うと、スキンヘッドの大男が短刀をちらつかせた。

「眞鍋組を知らないとは言わせねぇ」

「眞鍋を怒らせたらどうなるか、わかっているよな？　自分が死ぬだけじゃすまないからな？　家族を巻き込みたくないよな？」

顔にタトゥを入れている青年に襟首を締め上げられ、黒縁メガネの少年は真っ赤な目で呻《うめ》き声《ごえ》を漏らした。

「……うっ……ううっ……」

黒縁メガネの少年の顔は無残にも膨れ上がり、口の端がぱっくりと切れているし、身につけているストライプのシャツは血塗《ちまみ》れだった。よくよく見れば、下半身を覆うものは何もない。スキンヘッドの大男は雑巾《ぞうきん》のようにズボンや下着を踏みつけていた。これでは走って逃げることも憚《はばか》られる。ひょっとしたら、逃走しないように下半身を晒《さら》したのかもしれない。

……せ、清和《せいわ》くんの舎弟さんたち？

見覚えはないけれど、眞鍋組の構成員？

真面目《まじめ》そうなメガネの子が悪いことをしたの？

メガネの子は一般人に見えるけれど違うのか、と氷川は想定外の光景に愕然《がくぜん》とした。

氷川が愛した男は指定暴力団・眞鍋組の二代目組長である橘高《きったか》清和だ。敵には容赦がないと恐れられている苛烈《かれつ》な極道であり、構成員にも命知らずの兵隊が揃《そろ》っている。ただ、昔気質《むかしかたぎ》の極道の薫陶を受けているから、清和も若い舎弟たちも仁義を重んじる。……仁義を重んじるはずだ。

氷川が固まっている間にも、黒縁メガネの少年に対する脅迫は続いていた。まるで粗大ゴミのように蹴《け》り飛《と》ばされる。髪の毛を赤く染めた青年は、スマートフォンで動画を撮影しているようだ。ほかでもない、血塗れの廊下に這《は》いつくばって謝罪する少年の姿を。

「俺たち眞鍋に対して、土下座してそれで終わりだと思っていねぇよな？」

「こんなはした金で許されると思っているのか？」

「俺たちは眞鍋だぜ。眞鍋っ」

スキンヘッドの大男が短刀を振り下ろそうとした時、氷川の凍りついていた身体《からだ》がとける。物凄《ものすご》い勢いで飛びだした。

「君たち、ここは病院です。やめなさいっ……」

……よくも僕の職場でこんなことを。

どんな理由があっても許せない。

清和くんもリキくんも祐《たすく》くんも橘高さんも監督不行き届き、と氷川は凄絶《せいぜつ》な怒りを込めて言い放った。

けれど、スキンヘッドの大男は遮るように凄《すご》んだ。

「関係ない奴《やつ》はすっこんでいろっ」

モヒカンの男も顔にタトゥのある男も赤毛の男もサングラスの男も阿修羅の入れ墨を彫った男も、一様に凄《すさ》まじい形相で氷川を睨《にら》み据《す》える。その態度に二代目姐に対する尊敬はいっさいなかった。無頼派であれ武闘派であれ鉄砲玉であれ癖のある策士であれ、不夜城の覇者が妻とした内科医には意外なくらい礼儀を払っているというのに。

「……関係ない？　ここで僕にそんなことを言いますか？」

氷川の脳裏に今までさんざん投げられた注意が蘇《よみがえ》った。『お願いですから関わらないでください』や『頼むからおとなしくしていてください』や『姐としての自覚を持ってください』など。

清和と再会した時、明和病院に乗り込んできた眞鍋組の集団も思いだす。あの時、声を漏らした氷川に注意したのは、清和の養父である橘高正宗《まさむね》だった。『関係ないセンセイは隠れていなさい』と。

氷川が知る眞鍋組構成員とはあまりにも態度が違う。眞鍋組構成員を全員、知っているわけではないが、清和の訃報《ふほう》が流れた時に組長代理として目を通したデータは今でも覚えている。記憶が正しければ、こういった構成員は在籍していなかったはずだ。あれから凄《せい》惨《さん》な修羅場をいくつも乗り越えたが、最近、盃《さかずき》を交わした構成員なのだろうか。

「……ああ、医者か？　医者でも眞鍋組は知っているな？　眞鍋には逆らわないほうが身のためだぜ」

スキンヘッドの大男に短刀の切っ先を向けられ、氷川は清楚《せいそ》な美貌《びぼう》を曇らせる。どう考えてもおかしい。

「君たちは指定暴力団・眞鍋組の構成員ですか？」

氷川が射るような眼差《まなざ》しで尋ねると、スキンヘッドの大男は誇らしそうに頷《うなず》いた。

「ああ」

違う、と氷川は冷静に判断した。おそらく、眞鍋組構成員の名を騙《かた》ったどこかの誰かだろう。抗争中の長江組か、前々から不夜城を狙《ねら》っている浜松《はままつ》組か、日本進出を目論《もくろ》むロシアン・マフィアのイジオットか、九龍《クーロン》の大盗賊という異名を取る宋《そう》一族か、タイ・マフィアか韓国《かんこく》系のマフィアか台湾系のマフィアか、心当たりが多すぎて見当がつかない。

「二代目組長である橘高清和の舎弟ですか？」

……どこかの組織の誰かにしてはおかしい。

僕のことを知らないのかな、と氷川は探るような目で見つめた。何せ、国内の暴力団のみならず海外の闇《やみ》組織のメンバーも不夜城の覇者の妻を知っていたからだ。清和ではなく、氷川に交渉を持ちかける者もいた。

「そうさ。おとなしそうな顔をして、よく知っているな。俺たちは眞鍋の昇り龍の特攻隊員だ。わかったらさっさと行け」

「警察に通報します」

氷川が毅然《きぜん》とした態度で言うと、顔にタトゥを入れた男がジャックナイフを取りだした。

「なんだと？　痛い目に遭いたいのか？」

スキンヘッドの大男も短刀の切っ先を、氷川の頰《ほお》に押し当てようとする。

間一髪、氷川は身を躱《かわ》した。

言い返そうとした矢先、ブンッ、という不気味な音とともに無間地獄の番人の声が響いてきた。

「痛い目に遭うのはそっちだと思う。警察じゃなくて眞鍋組に連絡していいかな？　眞鍋組総本部って眞鍋興行だよな？　眞鍋興行の電話番号ならわかるんだ」

いつの間にか、地獄の番人の如《ごと》き若手外科医の深津《ふかつ》が立っていた。外見は爽《さわ》やかな二枚目だが、凄まじい怒気を漲《みなぎ》らせ、金属製の野球バットを威嚇するように振り回している。

「……うっ」

風体の悪い青年たちが怯《おび》えたのは、警察ではなく眞鍋組の名だった。案の定、眞鍋組構成員を騙《かた》る輩《やから》だ。

「眞鍋組が資金を出しているクラブのママにも連絡を入れたら動いてくれると思うぜ。ドームのママに頼んでいいかな？　ドナヴェルトのママのほうがいいかな？」

ブンッ、と深津はその場で素振りをした。

慌てて、風体の悪い青年たちが金属バットから距離を取る。

「……せ、世間知らずの医者風情がっ」

「世間知らずはどっちだ。ヤクザは組名を名乗ることも脅しと捉えられて暴対法に引っかかることがあるからヤバい、って本物のヤクザはビクビクしているんじゃないのか？」

「この野郎、痛い目を見ないとわからないのか？」

スキンヘッドの大男が短刀の切っ先を氷川から深津に向けた。それでも、深津はいっさい動じず、金属バットを握り直す。

「そのセリフ、そっくりそのまま返すぜ。キサマらが袋叩《ふくろだた》きにした子は俺の患者の孫なんだ。今日は見舞いにやってきたんだ」

許せん、と深津がバッターボックスに立った野球選手のようなポーズを取った時、駆け足でやってきた警備員たちが口々に叫んだ。

「深津先生、素振りの練習をしていたら当たった、なんていう言い訳は通用しません。ここで手を出さないでくださいーっ」

「深津先生、手を出したら終わりです。金属バットの使用法を守ってくださいーっ」

元警察官の警備員たちだけでなく、副院長や外科部長、若手の眼科医や若い男性看護師たちも団体で足早にやってきた。

「深津先生、無傷のまま警察に引き渡し、罪を償わせましょうーっ」

「深津先生、病院送りにしても無駄です。ここは病院です。送り込むなら警察ですよーっ。患者さんも泣きます。富江《とみえ》さんの容態を悪化させてどうするんですかーっ」

グローブと野球ボールを手に突進してきたのは、入院中の清水谷《しみずたに》学園高等部の数学教師だ。見舞い中だという生徒たちまでわらわら現れた。

「大勢でよってたかって痛めつけるとは言語道断ーっ。いったいどこのどいつだーっ」

「根性を叩き直せーっ」

形勢逆転は誰の目にも明らかだ。スキンヘッドの大男を先頭に自称・眞鍋組構成員たちはいっせいに逃げだそうとした。

しかし、その場で難なく捕まえられた。

元警察官の警備員たちもさることながら、武道を奨励している名門校の数学教師や男子生徒たちは半端なく強い。深津が金属バットを凶器として使用する間もなくカタがついた。もっと言えば、氷川が深津の金属バット使用を止めた。

「……加害者は被害者の動画を撮影していました。暴行の証拠です」

氷川が深津の金属バットにしがみつきながら大声で告げると、赤毛の男が往生際悪く叫んだ。

「この野郎、俺を誰だと思っているんだ。眞鍋の極秘戦闘部隊の男だぜ。極秘戦闘部隊の男だから眞鍋に問い合わせても無駄だ。お前ら、ただじゃすまねぇぜっ」

何を聞いても相手にせず、警備員たちが険しい顔つきで警備員室に連れていく。

氷川は若い男性看護師たちとともに、血塗れの被害者をストレッチャーに乗せる。外傷がひどいから、内科医ではなく外科医の出番だ。

「……功《こう》くんだな。よく頑張ったな。大丈夫だ。大丈夫だぜ。さすが、富江お祖母《ばあ》ちゃんがいつも自慢しているお孫さんだ」

深津や若い男性看護師たちは、血塗れの被害者に声をかけながら処置室に向かった。外科部長も続く。

氷川が額に噴き出た汗を手で拭《ぬぐ》った時、副院長に渋い顔で問われた。

「氷川先生、ひとりで止めようとしたのかい？」

「はい。刃物を取りだしたので」

氷川が真剣な目で肯定すると、副院長の顔はますます渋くなった。

「危険だ。まず自分の安全を確保してほしい……が、私もその場にいたら単身で乗り込んでいたかもしれない」

副院長も清水谷魂を脈々と受け継いでいる熱血漢だ。途中で言い換えたように、間違いなく、危険を顧みずに注意していただろう。

「たぶん、副院長も僕と同じ行動をとったと思います」

「……今の子は功くんといって深津先生の担当患者のお孫さんなんだ。学校でいじめられてひきこもりになっていたけど、お祖母さんが入院したと知って、今日は勇気を振り絞ってお見舞いに来てくれたんだよ」

真面目で優しすぎる子だったらしい、と副院長は悲痛な面持ちで血塗れの被害者について説明した。

昨今、陰惨な世相を反映するかのようにいじめ問題が頻発している。いじめという言葉ではすませられない暴力事件も多く、明和病院にも学校での問題のためにひきこもっている子供や孫を持つ常連患者がいた。

「……え？　ひきこもりの子だったのですか？」

氷川が青い顔で聞き返すと、副院長は哀愁を漂わせて語りだした。

「……自殺未遂まで追い詰められた子だったんだ。その功くんが見舞いにきてお祖母さんは喜んだ。深津先生も外科部長も繊細な孫の話は聞いていたから喜んだし、同じフロアの清水谷の数学教師は今後の相談に乗ったんだ」

「それがどうしてこんなことに？」

「功くんはお祖母さんの見舞いを終えて帰った……が、あの連中に捕まって囲まれたようだね。たまたま通りかかった入院患者が見て、慌てて知らせに来たんだ」

自称・眞鍋組構成員に絡まれている功を見ても、入院患者は声をかけることができなかった。その代わり、助けを呼びに行ったのだ。賢明な判断である。

「その知らせを聞いて、深津先生が金属バットを持ちだしたのですか」

氷川は連絡も入れていないのに、深津が金属バットを手に現れた理由に気づいて納得した。褒められないが、深津らしい行動だ。

「氷川先生や、オヤジには今の若い連中が何を考えているのかさっぱりわからん」

よほどショックを受けたのか、副院長にいつもの覇気がない。氷川も言葉にできない怒りと悲しさでいっぱいだ。

「副院長、僕にもさっぱりわかりません。ただ、彼らは許せない。二度としないように再犯防止に努めてほしい」

「同感だ」

「明和の警備体制も早急に見直す必要があると思います」

氷川は副院長と肩を並べ、院長室に向かった。気は重いが、迅速にするべきことをしなければならない。

もっとも、すでに院長は報告を受け、しかるべき措置を取っていた。今回の一件、処理は早く進んだ。功という名の優しい被害者が軽傷であることを祈るのみだ。

ほどなく、氷川だけでなく院長や副院長以下、明和病院のスタッフが全員、憤慨する事情が明らかにされた。

何と、加害者のひとりである赤毛の男は、明和病院に入院中の老患者の孫だったのだ。小遣いをせびりにやってきた時、ひきこもりの被害者の話を小耳に挟んだという。カモだ、と赤毛の男は狙いを定め、眞鍋組の名を騙って金銭を巻き上げようとしたそうだ。

本来なら長閑《のどか》な時間帯の医局に、医師たちの憤りが飛び交った。

「……まったくもって嘆かわしい。あの加害者一味の赤毛野郎が副院長の担当患者の孫だったとは……。たまたま功くんの話を聞いて、金を脅し取れると踏んだらしい」

眼科部長が荒い語気で言うと、内科部長がこの世の終わりに遭遇したような顔で溜《た》め息《いき》をついた。

「ひきこもりで苦しんでいる子に同情するどころかターゲットにするのかね。ひどい話だ」

同じ病棟の同じフロアに加害者の祖母と被害者の祖母が入院している。なんでも、祖母同士は仲がいいらしい。あまりに悲惨な事情に色を失ったのは、氷川だけではなかった。双方の担当医師である深津と副院長は医局に戻ってこない。

「あのまま功くんを街中に連れだして、消費者金融で借金させる計画も立てていたらしい。眞鍋の名を出したら、今はなんでもできると思ったらしいな」

ここ最近、素行不良の学生や巷《ちまた》のチンピラが、眞鍋組の名を騙り、悪事を働いているという。付近に高級住宅街が広がる明和病院では少ないが、治安の悪い場所の病院では眞鍋組関係者を騙るモンスター患者が急増したらしい。ほんの先日まで、メディアが競うように残虐な眞鍋組を取り上げたからだろう。

「……あぁ、眞鍋組……鬼畜の二代目組長か……長江組の関西大戦争でどこかに飛んでしまったな」

眼科部長がどこか懐かしいような目で眞鍋組に触れると、小児科部長も同意するように大きく頷いた。

「そうですね。長江の分裂騒動で非道の眞鍋組の話は消えましたが……まだ東京では暴力団といえば眞鍋組でしょう。一番、脅しに効果がある組名です」

「氷川先生、よく気づいてくれた。間に合ってよかった」

内科部長に労《いたわ》るように肩を叩かれ、氷川はやっとのことで声を絞りだした。

「……ぼ、僕は怒りが大きすぎて何が何だか……繊細で弱い子を見つけたらカモですか？　繊細で弱い子は踏《ふ》み潰《つぶ》してもいいのですか？　大勢でたったひとりを……もう……」

「わかる。その気持ち、よくわかる……許せない……弱い子を守ってやるのが男だと思っていた。こんな考え方自体が古くなったのかもしれない」

人の世が人の世でなくなったのか。極道が極道としての矜持《きょうじ》を捨てて久しいと嘆かれているが、人そのものが人としての心をなくしてしまったのだろうか。

ナメられたら終わり、という繰り返し聞かされた極道の鉄則が氷川の耳に木霊《こだま》する。結局、その一言に尽きるのだろうか。

どんなにここで考えても答えは見つからない。ただ、氷川には真っ先にしなければならないことがある。巷を騒がせている眞鍋組の二代目姐という顔を持っているから。

長江組分裂騒動に眞鍋組が関わっているという疑惑は晴れていない。

だが、その夜、当直だった若手小児科医が過労で倒れ、氷川が引き受けた。

逸《はや》る気持ちは大きいが仕方がない。医師としての役目を果たすだけだ。

2

さしたる問題もなく、氷川《ひかわ》は代理の当直を務めた。眞鍋《まなべ》組関係者や長江《ながえ》組関係者、国内外の闇《やみ》組織の関係者は運ばれてこなかったと思っている。

せわしない午前診察をこなし、遅い昼食を摂《と》りながら医師たちの会話に耳を傾けた。もっぱら話題は、国内最大の勢力を誇っていた長江組の分裂騒動だ。それぞれ、スポーツ新聞や週刊誌を手に熱い論戦を繰り広げていた。

「今、勢いがあるのは元若頭の平松《ひらまつ》が立ち上げた一徹《いってつ》長江会らしいぞ。京都や奈良《なら》の大半の二次団体が長江組から離反した。組長夫人のスキャンダルが響いたみたいだ」

「いやいや、こっちの新聞では長江組の優勢が伝えられています。どうも、ヤクザにとって長江の組名と紋は強いそうです」

「……お〜っ、こちらの新聞では一徹長江会の勝利を予言しています。なんでも、潤沢な資金が確保されているみたいですな。一徹長江会は滋賀《しが》や和歌山のあらかたの二次団体も傘下に収めたとか」

「……うわ、長江組の元若頭補佐派の組員が何人も事故死に見せかけて殺されたらしい。平松会長派の組員もだいぶ殺されているみたいですな。近いうちに抗争暴力団に指定されるとか？」

「どちらも抗争暴力団に指定されるのは避けたいが、暴力団としての存続に関わるから手打ちはできない……う～ん、ヤクザもいろいろとやっかいですなぁ」

氷川もゴシップ色の強いスポーツ新聞で、長江組の大原《おおはら》組長と一徹長江会を旗揚げした平松の対立について目を通した。

一見、これといった新しい情報は出ていない。

それでも、各地に飛び火しているらしく、長江組系列の暴力団の離反が相次いでいるという。

このまま勢いが増せば、極道界で最高の伝統を誇っていた長江組が消滅する。そんな記事も少なくはなかった。

長江組構成員が焦燥感に駆られる理由がよくわかる。

メディアにサメが扮《ふん》した平松が再三、取り上げられているから、氷川も生きた心地がしない。サメはどこまでやるつもりだ。清和《せいわ》はどこまでやらせるつもりなのだ。

もちろん、ここで氷川が焦っても仕方がない。普段と同じように、内科医としての日常業務に励む。

そうこうしているうちに、気づけば日が暮れていた。

氷川はロッカールームで白衣を脱ぎ、警備員に挨拶《あいさつ》をしながらスタッフ専用の出入り口を出る。日中は夏を感じさせたが、今夜はひんやりと肌寒い。一日の寒暖差が大きく、体調を崩して外来患者が増えるのも納得してしまう。

氷川がスタッフ専用の駐車場を通りかかった時、大声で呼ばれたような気がして振り返った。

「氷川先生、氷川先生、戻ってきてくださいーっ。病棟からの連絡です。担当患者の容態が急変したそうですーっ」

スタッフ専用の出入り口に警備員が立ち、手招きしている。長くはない医師人生だが、こういったことは初めてではない。

「……え？　……はい、戻ります」

氷川が慌てて戻ろうとした矢先、スタッフ専用の出入り口に立っていた警備員が勢いよく倒れた。ドサッ、と。

代わりに立ち上がったのは、事務スタッフに扮した諜報部隊《ちょうほう》のタイだ。戻れ、とばかりに手を振る。

諜報部隊のメンバーはなんの理由もなく、スタッフに暴力を振るったりはしない。

「……タイくん？　……あ、その警備員さんはそういえば新入り……どこかの誰かが警備員として明和《めいわ》に潜り込んでいた？」

氷川が呆然《ぼうぜん》として立ち竦《た すく》むと、スタッフ専用の駐車場に停《と》まっていた黒塗りのメルセデス・ベンツが動きだした。よく見れば、氷川専用の送迎車だ。

スッ、と氷川の前で停車し、後部座席のドアが開く。

「姐《あね》さん、乗ってください」

後部座席に座っていたのは、眞鍋組の参謀である三國《みくに》祐《たすく》だった。魔女として恐れられているが、ファッション誌でポーズを取っていてもおかしくないような美青年だ。

「祐くん？」

「ここで俺が姐さんのためにドアを開けて、押し込んでもいいのですが？」

普段、出迎えの者は氷川のために恭《うやうや》しく後部座席のドアを開ける。不夜城を震撼《しんかん》させる魔女にしてもそうだ。

「ここでそういうことをされて、誰かに見られていたら困る」

「さっさと乗ってください」

祐に問答無用の目で促されるがまま、氷川は素早い動作で後部座席に腰を下ろした。運転席で頭を軽く下げているのは諜報部隊に所属しているイワシであり、助手席には知能派幹部候補の卓《すぐる》が座っていた。

「出します」

イワシが一声かけてからアクセルを踏めば、あっという間に夜の帳《とばり》に覆われた白い建物は見えなくなった。後方で走っているグレーのセダンでは、氷川も知っている諜報部隊のメンバーがハンドルを握っている。交差点で現れた氷川専用の送迎車と同じタイプのメルセデス・ベンツには、眞鍋組構成員である宇治《うじ》と吾郎《ごろう》が乗っていた。

「……それで祐くん、どういうこと？」

氷川が冷静を心がけて尋ねると、祐はいつもと同じようにしれっ、と言った。

「姐さん、お疲れ様でした」

「うん、それでどういうこと？」

「虎《とら》の初恋騒動は進展がありました。虎の失恋です」

恋どころか幸福というものを頑《かたく》なに拒絶している眞鍋組のリキこと松本力也《まつもとりきや》の、降って湧《わ》いたような初恋話が飛び交っているという。

リキがリキなだけに、氷川はどうしたって信じられないが、高徳護国《たかとくごこく》流宗主の次男坊時代のことだからわからない。苦行僧になる前の瑞々《みずみず》しい剣士時代、淡い初恋があってもおかしくはないだろう。……たぶん、いくらあのカチコチの石頭でも。……おそらく。そうであってほしいという願望が強いが。

「リキくんの初恋相手ってあの例の可愛《かわい》い館長さん？　……元キャリアの高徳護国流の門弟さんだよね？」

ほかの高徳護国流の門弟に対する態度とまるで違うらしい。それ故、初恋疑惑が持ち上がったそうだ。

「その可愛い館長は宋《そう》一族の首領の愛人です。こじれきった初恋ですから、虎の入り込む余地はありません」

宋一族といえば変装が得意だという巨大な闇組織だ。香港《ホンコン》マフィアの楊《よう》一族との戦いに負け、日本に流れてきたという。ただ、今でも楊一族は宋一族の逆襲を危惧《きぐ》していた。先日、楊一族の幹部が職場に乗り込んできた最大の理由だ。

「リキくんは正道《まさみち》くんとラブホテル……あ、誤魔化《ごまか》そうとしても無駄だよ。サメくんはどこにいるの？」

氷川は言いかけてはっ、と気づき、祐の薄い肩を軽く叩《たた》いた。

「眞鍋のシマにいます」

「それは銀ダラくんが変装したサメくんでしょう。本物のサメくんはどこにいる？」

駆けだしの未成年を不夜城の覇者に祭り上げた最大の原動力が、サメが率いる諜報部隊の暗躍であるのは周知の事実だ。外人部隊のニンジャという通り名で知られる神出鬼没の男は、眞鍋の昇り龍に極道界随一の勢力を誇る長江組をも握らせようとしているのか。

「姐さん、それは指摘しない約束です」

「長江組の亡くなった若頭補佐の舎弟が僕に確かめたことは本当？」

乗り込んできた長江組構成員はどうなった、と氷川が小声で続けても秀麗な策士には無視されてしまった。

「姐さんともあろう方が、取るに足らないチンピラの言葉に惑わされないでください」

「長江組と抗争になったら眞鍋組は敵《かな》わない。だから、サメくんが長江組の元若頭に化けて、長江組から独立した？　藤堂《とうどう》さんや宋一族の力も借りて長江組を分裂させた？　清和くんが日本統一を狙《ねら》っている？」

氷川は溜《た》まった激情を吐きだすかのように一気に捲《まく》し立《た》てた。車窓の向こう側の景色がガラリと変わり、今までに一度も通ったことのない方向に進んでいることに気づかない。

「姐さん、深呼吸でもしましょう」

「あの時、桐嶋《きりしま》組総本部が占拠されたのは藤堂さんの罠《わな》だった？　藤堂さんは長江組の若頭補佐の目を逸《そ》らすために占拠させたの？　桐嶋さんは知らなかったのかな？　今夜の送迎係は桐嶋さんと藤堂さんだったよね？　ふたりはどうしたの？」

思い返せば思い返すほど、腑《ふ》に落ちないことばかりだ。乗り込んできた長江組構成員の言葉がしっくり馴染《なじ》む。

「桐嶋組長と藤堂さんの痴話喧嘩《ちわげんか》が勃発《ぼっぱつ》しました。あのふたりの夫婦喧嘩がこじれると始末に負えない。今夜から姐さんは眞鍋に戻っていただきます」

支倉《はせくら》組のシマを眞鍋組が支配することもあり、不夜城が落ち着くまで氷川は桐嶋組総本部で暮らすことになっていた。藤堂から情報を引きだすことは無理でも、桐嶋相手ならばなんとかなると思っていたのだが。

「……痴話喧嘩？　桐嶋さんや藤堂さんに僕を近づけたくないの？」

氷川が楚々《そそ》とした美貌《びぼう》を引き攣《ひつ》らせると、祐は呆《あき》れたように肩を竦《すく》めた。

「姐さん、二代目に会いたくないのですか？」

「会いたいに決まっている」

清和ならばどんなに無言を貫いていても、心の内を読み取ることができる。サメの件を明確にし、恐ろしい野望を抱いていないと確かめたかった。

「どうぞ二代目にお会いください。ベテランソープ嬢以上のサービスをしてあげてくださいね」

意地の悪い策士の微笑に、氷川の頰《ほお》が赤く染まった。

「銀ダラくんから聞いたんだね」

銀ダラに託したメッセージが氷川の脳裏を過《よぎ》る。『……どんないやらしいことをしてもいいから、恐ろしいことは考えないで、って清和くんに伝えて』と。

銀ダラには自分で告げるように勧められたが、清和や側近たちに報告されていることは間違いない。

「二代目も楽しみにしています」

「……そ、そのつもりだけど、清和くんと会える？　僕から逃げているんじゃないかな？」

来るなら来い、と氷川は変なところで闘争心を燃やした。瞼《まぶた》の裏にはゴシップ色が強いスポーツ新聞で垣間見《かいまみ》た風俗体験記事が舞っている。

「二代目がお忙しいのはご承知だと思います」

「うん、だから清和くんがいるところに送ってほしい。眞鍋組総本部にいるなら総本部に送って」

「今、眞鍋組総本部付近には近づかないほうが賢明です。眞鍋第二ビルに送らせていただきます」

「その様子だと眞鍋第二ビルに清和くんは寄りつかない。眞鍋組総本部に突入してください」

氷川は祐からハンドルを操っているイワシに視線を流し、運転席の背もたれを勢いよく叩いた。

しかし、イワシはまるで聞こえなかったかのように一言も返さず、人気《ひとけ》のない三叉路《さんさろ》を進む。

いつしか、眞鍋組が統治する眠らない街から遠く離れた光景が広がっていた。安全のために送迎の道順はいつも違うが、氷川が見たことのない辺鄙《へんぴ》な場所だ。川に沿っているような気もするが、外灯がなく、暗いので定かではない。

「姐さん、言葉遣いに気をつけてください」

祐に窘《たしな》めるように咎《とが》められ、氷川は黒目がちの目を吊《つ》り上《あ》げた。

「祐くん、僕と清和くんを会わせないつもり？　清和くんやサメくんたちは長江組を分裂させたの？　分裂させてどうするの？　……それで、今はいったいどこに向かっているのかな？　遠回りにしてもひどくない？　また僕を監禁する気？」

車も走っていないし、人も歩いていないし、民家もないし、外灯も少ないから暗い、と氷川は車窓の向こう側の景色に戸惑う。ひょっとしたら、何か建物があるのかもしれないが、真っ暗だからわからないのだ。月や星の明かりだけで地上は照らせない。

「興奮すると美貌に差し障ります。日頃、二代目との歳《とし》の差を気にしているのはどこのどなたですか？」

「今の僕はそんなことに誤魔化されない……えっ？」

目の前を走っていたグレーのセダンが急ブレーキをかけたと思うや否や、夜の闇に包まれた土手に落ちていった。

キキーッ、と後方で吾郎が運転していた車はいきなり現れた大型トラックに囲まれ、急停車している。

「姐さん、ご心配なさらず」

「……た、祐くん？　……え？　あっちこっちからバイク？　ショウくんじゃないね？」

物凄《ものすご》い爆音を立てて、闇の中から大型バイクの集団が出現した。旗は靡《なび》いていないし、特攻服も着ていないから暴走族ではないようだが、単なるライダーでないことは確かだ。

氷川を乗せた車の前には、ライトを点灯した海外の高級車が何台も現れた。まるで行く手を塞《ふさ》ぐかのように。

氷川は真っ青な顔で身体《からだ》を竦ませたが、祐は予期していたかのようにイワシに指示した。

「イワシ、姐さんがいる。抵抗するな」

「はい」

イワシは車体を挟むように走行している大型バイクに先導されるがまま、深い草木に覆われた場所に停車した。

瞬く間に、ライトを点灯した海外製の高級車にぐるりと取り囲まれる。軽い足取りで近づき、後部座席の窓を叩いたのは、氷川も知っているタイ・マフィアのルアンガイの日本責任者だ。

もっとも、どんなに執拗《しつよう》にノックされても、両手を合わせるタイの挨拶のポーズを取られても、ドアは開けない。

命が惜しければ散れ、とばかりに祐は視線と手でルアンガイの日本責任者を退《ひ》かせた。

それでも、ルアンガイの日本責任者と入れ替わるように南米系の青年が現れる。その手には白百合《しらゆり》の花束があった。

埒《らち》が明かないと悟ったのか、祐の一声でイワシは後部座席の窓を開けた。卓は隠し持っていた拳銃《けんじゅう》を構える。

その瞬間、夜風とともにたどたどしい日本語が聞こえてきた。

「……キレイ、キレイだね。キレイがふたりいると大きくキレイ。それだけでオトコはハッピー。眞鍋組の白百合と魔女、一緒にバナナスイーツデートね」

「メキシコ・マフィアか。情報が古い。バナナ・パーティの幕は下りた」

祐が淡々とした調子で拒むと、白百合の花束を抱えたメキシコ・マフィアの関係者はにっこりと笑った。

「じゃ、インドカレーね。北インドのシヴァも南インドのガルーダもカンゲイするヨ。キレイなドール、ふたり」

メキシコ・マフィアの関係者の背後ではインド人らしき男性が五人、ナマステのポーズを取っている。

「北インド・マフィアも南インド・マフィアも自分の死刑執行書にサインするのか？」

祐はシニカルに微笑《ほほえ》みながら車外に出ると、悠然と辺りを見回した。そうして、煽《あお》るように高らかに言い放った。韓国《かんこく》も台湾も上海《シャンハイ》もベトナムもシンガポールもインドネシアもフィリピンもルーマニアもハンガリーもチェコもスペインもトルコもエチオピアもブラジルもペルーもチリもいるのか、と。

癖のある策士の言い草で、氷川も周りにいる男たちが日本在住の各国マフィアの関係者だとなんとなくわかった。ライトで照らされた国際色豊かな顔ぶれはいろいろな意味で見応《みごた》えがある。ベトナムの民族衣装を身につけた青年の手にも白百合の花束があった。

「俺たちは世界で一番優秀な毒花や世界で一番綺麗《きれい》な女神に手を出すほど馬鹿《ばか》じゃない。確かめたいことがあるだけ」

氷川も組長代行時代に知った韓国系マフィアの幹部が流暢《りゅうちょう》な日本語で語りかけると、祐は忌々しそうに手を振った。

「こういうやり方は気に入らない。出直せ」

「祐、こうでもしないと話してくれないでしょうっ。姐さんもさっさと降りてきてよ。こっちも大パニックよ。いったい眞鍋は長江をどうする気なの？　……もう長江っていうより日本をどうする気ーっ？　ハンバーグとかソーセージで騒いでいたのは目くらましだったのーっ？」

楊一族の幹部であるエリザベスがヒステリックに叫びつつ、韓国系マフィアの幹部を押しのける。同意するかのように、金髪の男性が相槌《あいづち》を打った。

「エリザベスまでこんなことに加担しているのか。楊一族は眞鍋を敵に回す気か？」

祐が呆れたように腕を組むと、エリザベスは大股《おおまた》でメルセデス・ベンツに近づいた。チャイナドレスのスリットから見える足が生々しいが、見惚《みと》れている男はひとりもいない。

「……ああ、魔女じゃ話にならない。姐さんは長江組の代わりに全国のヤクザを統一するつもりなのーっ？　サメが宋《そう》一族のダイアナの力を借りて、長江組の元若頭に化けているんでしょーっ。眞鍋の昇り龍が織田信長《おだのぶなが》になるのーっ？」

エリザベスの言葉が聞き流せず、氷川は卓の制止も無視して後部座席から降りる。ライトが眩《まぶ》しいが、真顔で言い返した。

「エリザベス、清和くんが織田信長？　光秀《みつひで》の謀反で五十歳前に自決しますから不吉です。やめてください」

「……えっと、天下統一したのはサルの秀吉《ひでよし》だった？　徳川慶喜《とくがわよしのぶ》だった？　姐さんの好きな狸《たぬき》だったわよね？　狸ジジイの天下が続いたのよね？」

エリザベスのほか、日本語に堪能《たんのう》な香港マフィアの幹部も徳川家康《とくがわいえやす》の名が出ないらしい。隣にいた部下がスマートフォンで調べだした。

「狸の話をするためにこんな乱暴な手を使ったのですか？」

氷川が胡乱《うろん》な目で尋ねると、エリザベスは首を大きく振った。

「違うわよ。眞鍋の真意を確かめに来たの。眞鍋は長江をどうする気？　長江を潰《つぶ》すの？　これから各地に眞鍋組系元長江組を増やす気？」

「僕に聞かれても困る」

「だから、眞鍋のトップは姐さんでしょう。二代目はいい男だけど、姐さんに頭が上がらないもの」

　エリザベスが馬鹿らしそうに足を踏みならすと、アフリカ系の青年が口を挟んだ。

「……だからネ、とってもとっても綺麗な姐さん、教えてヨ。長江組の元若頭はサメだよね？　眞鍋のボスの命令でサメが元若頭に化けて長江組を分裂させたネ？　サメは長江組を潰そうとしているネ？」

　アフリカ系の青年が言い終えるや否や、金髪碧眼《へきがん》の青年が妙なイントネーションの日本語で続けた。

「眞鍋の怖いボスが宋一族と結婚シテ、日本のヤクザをひとつスル。ひとつシタ？　眞鍋の怖いボスと宋一族の怖いボスがナカヨシ日本、支配スル？　日本は眞鍋と宋一族カップル？」

　何を言っているのか不明だが、エリザベスが甲高い声音で言い直した。

「……あ、つまり、眞鍋の二代目が宋一族と組んで日本を裏で支配するつもり？」

　病院に乗り込んできた長江組構成員と同じようなことを言っている、と氷川は背筋を凍らせたが、全精力を傾けて態度には出さなかった。

「僕に聞かれても困る」

「……じゃ、あの長江組の元若頭はサメなの？　サメじゃないの？　どんなプロの変装も見破る姐さんならわかるわよね?」

スッ、とメキシコ・マフィアの関係者がiＰａｄの画面を差しだした。長江組の元若頭に扮したサメが映しだされている。旗揚げした組事務所の前で報道陣に囲まれ、高名な武闘派らしく無骨に躱《かわ》している姿だ。

「……わからない」

サメくんだ、と氷川は断言できるが、決して口には出さない。隣で艶然《えんぜん》と佇《たたず》む祐にしてもそうだ。

「姐さんならわかるでしょう。……ほら、昨日の騒動、始末された若頭補佐の舎弟のナギとかいう男たちが姐さんを拉致《らち》しようとしたのは摑《つか》んでいるのよ」

始末されたってそういうことだよな、と氷川はエリザベスの口から飛びだした情報に愕《がく》然《ぜん》とした。それでも、ここで感情を爆発させたりはしない。

「わかりません」

「惚《とぼ》けても無駄よ。長江内部でも今の元若頭に違和感を持っている奴《やつ》がいるみたい。始末された若頭補佐一派は特にね。水面下では殺し合いよ。外人部隊のニンジャが久しぶりに殺人マシーンに変身したわ」

氷川が反論しようとした時、祐にやんわりと止められた。

「香港の楊一族にもタイのルアンガイにもベトナムのダーにもルーマニアのドラキュラに

もスペインのペドロにも……それぞれ組織には変装に関するプロを抱えている。確かめたらどうですか」

祐は一呼吸置いてから、凛《りん》とした声で言い放った。

「あれはサメではない」

サメだと気づいても騒ぐな、と祐のメスで整えたような目は雄弁に語っている。それがわからないほど、この場に集まっている者たちは無能ではないようだ。

もっとも、そうでなければ祐もわざわざ話し合いに応じたりはしなかっただろう。いつしか、眞鍋組関係者の車やバイクが増えている。黒いワゴンからライフルを構えているのは諜報部隊のハマチだ。土手に車ごと落ちたはずの諜報部隊のメンバーは、拳銃の照準を台湾系マフィアの関係者に合わせていた。

……ああ、祐くんはわざとこの人たちの罠に飛び込んだんだ。

ここで話し合っておかないと、僕に向かって押し寄せてくるからかな。

交渉する気か、と氷川は祐があえて各組織連合の策に飛び込んだことに気づく。

そうでなければ、イワシや卓もとことん抵抗していたはずだ。おそらく、楊一族やルアンガイのように友好関係を結んでいる組織だろう。

「魔女、ならばあの元若頭の一徹長江会会長は誰？」

エリザベスが不服そうに聞くと、祐はしたり顔で答えた。

「どこかの組織の工作員ではないのですか」

「そんな大嘘《おおうそ》が通用すると思っているの？」

「こちらがお聞きしたい。もし、あれがサメならばどうする？」

交渉開始、と祐の空気がじんわりと変わったような気がした。吾郎や宇治、ハマチをはじめとする諜報部隊のメンバーなど、眞鍋組関係者は威嚇するように銃器を構え直す。

張り詰めた空気が流れる。

チュッ、とエリザベスが投げキッスを飛ばすと、韓国系マフィアの幹部が乾杯のポーズを取った。

「あれがサメならば眞鍋の二代目が日本の裏社会を統一する日は近い。眞鍋の裏社会統一に協力する。乾杯」

「乾杯ですか」

「……ただ、共闘したのが宋一族だと摑んでいる。我らを日本から追いだすことはしないでください。我ら一同、裏社会の大ボスと戦う気はない」

韓国系マフィアの幹部に同意するように、ほかの組織の男たちも大きく頷《うなず》いたり、ウインクを飛ばしたり、気障《きざ》なお辞儀をしたりする。ベトナムの民族衣装姿の青年は小走りで近寄り、氷川に白百合の花束を捧《ささ》げるように差しだす。「姐さん、女神サマ」とはにかみながら。

氷川も拒んだりせず、ベトナムの民族衣装姿の青年から白百合の花束を受け取る。この場にいるから、ベトナム・マフィアのダーの関係者だろうが、いかにもといった素朴で優しい青年に見えた。

「お集まりの方々、誤解されているようだが、宋一族のトップと眞鍋のトップは相容《あいい》れない」

祐が宋一族総帥と眞鍋の二代目組長の苛烈《かれつ》さに言及すると、ほかの闇組織の関係者たちから恐怖混じりの溜《た》め息《いき》が漏れた。全員、宋一族の獅子《しし》と眞鍋の昇り龍の激しさを熟知している。

「知っているが、眞鍋の真のトップは麗しい天女だ。麗しい天女は宋一族と組んで私たちを排斥してしまうかもしれない……その心配はしなくてもいいですね？」

韓国系マフィアの幹部に確かめるような目で問われ、氷川は堂々と声を張り上げた。

「……もし、僕が眞鍋組の支配権を握っていたら眞鍋組は眞鍋食品会社になっていました。僕が裏社会の真の大ボスになったら、君たちにもマフィアなんか解散させて、食品会社になってもらいます」

氷川の爆弾発言に各マフィアの関係者は仰天した。東南アジア系もアフリカ系もヨーロッパ系も口を大きく開けたままだ。

けれども、すぐに生温《なまぬる》い夜風とともに独り言のような声があちこちから聞こえてきた。

「……あ、姐さん……これが噂《うわさ》の眞鍋の核弾頭……」

「……眞鍋が闇社会を統一したら橘高《きったか》清和がナンバーワン……だけど、真のナンバーワンはこの姐さん……こんなに美しいのに……」

「……あぁ、便利屋を使った『お母さんの台所』プロジェクトを諦《あきら》めていないんだ……ソーセージや生ハム……歩く日本人形は本気だったんだ……」

各組織は眞鍋組最大要注意人物についての的確なデータを摑んでいるようだ。変なところで納得している。

「……そうだな。もし、うちの二代目が裏社会のトップなら、真のトップは姐さんだ。死を覚悟してから姐さんに掠《かす》り傷《きず》をつけてくれ」

楽に死ねると思うな、と祐が意味深にほくそ笑んだ瞬間、エリザベスの耳から下がって輝いていた左右の大きなイヤリングがどちらも狙撃《そげき》された。

ズギューン、ズギューン。

不気味な銃声の連発に驚いたのは氷川のみ。

エリザベスに怪我《けが》はなかった。

「……いやな脅しね」

周囲でライフルや拳銃を構えていた眞鍋組関係者に発砲した形跡はない。どうも遠距離から狙撃したらしいが、左右のイヤリングをどちらもヒットさせたのだからいい腕だ。

いったい誰が狙撃したのか、氷川には見当もつかないが、不夜城の覇者による鉛玉であることは確かだ。

「うちの姐さんに近寄ったんだ。眉間《みけん》を撃ち抜かれなかっただけでも幸運だと思ってほしい」

祐がその場にいる全員に諭すように言えば、上海マフィアのメンバーが神妙な面持ちで口を開いた。

「眞鍋の二代目はこのままいけば日本の裏社会の支配者だ。望めば王女でも手に入るのに、そこまで姐さんに惚《ほ》れているのか？」

「そちらでリサーチした通り、昇り龍は白百合にベタ惚れだ」

知っているから姐さんを狙ったんだろう、と祐は馬鹿らしそうに続けた。

氷川と再会する前の眞鍋の昇り龍に弱点はなかったが、今では巷《ちまた》のチンピラや半グレ集団まで知っている。亡くなった長江組の東京進出責任者が氷川をターゲットに選んだ理由だ。

「そこまで惚れるものか？」

「手に負えないぐらい惚れている。俺も参った」

「魔女も参っているぐらいベタ惚れ？」

「俺も無用な戦争はしたくない。明日、世界が滅亡することになっても姐さんには手を出すな。姐さんに手を出したら終わりだ」

祐がいつになく熱弁を振るうと、生温い夜風に混じってどこからともなく英語の呟《つぶや》きが聞こえてきた。「その念を押すために魔女は俺たちの誘いに乗ったんだな」と。

いやでも氷川は自分の立場がどういうものか再確認する。なんとも言葉では言い表せない複雑な気持ちだ。

「日本の裏の支配者と敵対するつもりはない。今まで通り、俺たちの存在を認めてくれたら裏社会のキングに礼儀を払う」

上海マフィアのメンバーがそれぞれの意志を代弁するように一礼した。まるで眞鍋の昇り龍に隷属を示すかのように。

古《いにしえ》の姫に対する騎士の如《ごと》く、ルーマニア・マフィアの関係者は跪《ひざまず》くと、氷川の手の甲にキスをした。淑女に対する欧米人の単なる挨拶ではない。これ以上ないというくらい重い意思表明だ。

「伝えておく」

祐はシニカルに口元を緩めると、卓やイワシに視線で指示を出す。

すかさず、氷川は卓に促され、黒塗りのメルセデス・ベンツに乗り込んだ。イワシが運転席に座り、祐が氷川の隣に腰を下ろす。

氷川が乗った車をベトナム・マフィアの幹部やルアンガイの日本責任者など、各組織の関係者が恭しい態度で見送る。まさしく、帝王に対する臣下のような姿だ。傲慢《ごうまん》なエリザベスでさえ、妙にしおらしい。

イワシは一声断ってからアクセルを踏んだが、各マフィアのメンバーは見えなくなるまで下げた頭を上げなかった。これが今の清和の力を表しているのかもしれない。

しばらくの間、白百合の豊潤な香りが漂う車内には静寂が続く。誰も一言も口にしない。助手席の卓はスマートフォンで誰かと連絡を取り合っているが、祐は難しい手術を成功させた外科医のように満ち足りた顔をしている。

今の僕は思ったことを上手《うま》く言えないから、と氷川も自分の感情をコントロールするのに全力を注ぐ。

車窓の向こう側の景色が変わった時、未《いま》だかつてない沈黙を氷川が破った。

「……祐くん、これは祐くんが書いたシナリオだね。話し合いしやすい場所に続く道をイワシくんに走らせたんだ」

氷川の推測を祐は肯定も否定もしないが、どこぞの真面目《まじめ》な好青年のような声で謝罪した。

「姐さん、怖い思いをさせて申し訳ありませんでした」

「ここで話し合っておかないと、僕の職場に乗り込んできた？」

「お気づきかと思いますが、先ほどいた各マフィアは眞鍋とは友好関係を結んでいます。

眞鍋が宋一族と契約を結んだと思い込み、焦ったのでしょう」

「眞鍋は宋一族と契約を結んだの？」

ここ最近、常に宋一族という得体の知れない大組織の影がついて回っている。狂暴すぎる宋一族の総帥と共存共栄は難しいのではないだろうか。

「そう誤解されているようです」

「本当のことを明かしてほしい。日本の裏社会の支配者とか……いったい何？　清和くんはそんな恐ろしいボスになったの？　織田信長……じゃなくて徳川家康を目指すの？」

「姐さん、二代目が日本の裏社会を支配したらどうしますか？」

祐に晩ご飯の献立のようにサラリと聞かれ、氷川は驚愕《きょうがく》のあまり座席からずり落ちそうになってしまった。

「無理でしょうっ」

氷川が真っ赤な顔で力むと、祐は不遜《ふそん》な笑みを浮かべた。

「無理だと思いますか？」

楊一族の幹部の殊勝な態度がすべてを物語っているような気がしないでもない。二十歳の青年は途方もない権力を握ったのだ。

「……ま、まさか、無理を可能にするために宋一族と手を組んだ？　清和くんにはそんなだいそれた野心があったの？」

「二代目は麻薬を嫌っています。二代目が日本の裏社会を支配すれば、全国各地隅々まで蔓延《まんえん》している麻薬が少なくなると思いませんか？」

宋一族も麻薬は御法度《ごはっと》にしています、と祐は伏し目がちに続けた。宋一族と眞鍋組がともに掲げる禁止事項があるらしい。

「……え？　麻薬撲滅のために？」

「麻薬撲滅キャンペーンより効果があると思います。長江組も表向きは麻薬の売買を禁止していますが、資金源の大半は麻薬ですよ。このまま長江組が存続すれば、麻薬のルートが増えるだけです」

人身売買もひどい、と祐は独り言のように続けた。長江組にとって人身売買は最も重要なビジネスのひとつだという。海外組織相手の人身売買も大きな利益を叩きだしているそうだ。

「……誤魔化されない。誤魔化されないから……で、まず確認する。それでやっぱり長江組の元若頭に変装しているのはサメくんだね？」

「姐さんならご覧になればわかるはず」

祐にあっけらかんと言われ、氷川は頬をヒクヒクと引き攣らせた。

「……や、やっぱりサメくんなんだ……サメくんだと思っていたけれど……清和くんの命令？」

要は諜報部隊のトップではなく眞鍋組のトップだと思っていた。氷川の背筋に冷たいものが走る。

「姐さんは二代目の命令だとお思いですか。いくら暴対法で縛られているとはいえ、ヤクザの戦争の仕方だと思いますか？」

「……ヤクザの戦い方とは思わないけれど……」

「部下を始末されて、サメがブチ切れました。サメの怒りがわかるだけに、二代目も虎も反対できなかった。理解してください」

祐の言い回しにより、清和の命令ではなくサメの強固な意志による策略だと気づく。清和や側近たちも、止められなかったのだろう。

「……それでサメくんは宋一族と手を組んで、長江組の内部に侵入したんだね。長江組を分裂させて、眞鍋との抗争は終わった。長江組はもう眞鍋に構っていられないから」

長江組にとって内部分裂は戦争を意味する。今まで長江組が覇権を保ってきた最大の理由だ。

「まだ始まったばかりです」

「何が始まったばかり？」

「二代目の麻薬撲滅キャンペーンは始まったばかりです」

「祐くん、冗談はもうやめてほしいっ」

氷川が堪えきれずに感情を爆発させた時、イワシがハンドルを操る車は眞鍋第三ビルの駐車場に進んだ。

「姐さん、この件はこれまで。第二ビルではなくおふたりの部屋に送らせていただきましたから」

祐の視線の先、地下の駐車場には若手の構成員から古参の構成員までズラリと並んでいる。二代目姐を出迎えるために。

だが、氷川のためにドアを開けたのは、摩訶不思議《まかふしぎ》の冠を被《かぶ》る信司《しんじ》だった。よりによって、という言葉がしっくり馴染む。

「姐さん、お疲れ様です」

信司の屈託のない笑顔に何が隠されているのか、宇宙人でもない限り、理解できないだろう。

「信司くん、ありがとう」

信司くんで誤魔化す気だ、と氷川は底意地の悪い参謀の魂胆に気づいた。それでも、この場で問《と》い質《ただ》したりはしない。

「姐さん、喜んでください。ストップしていた『お母さんの台所』プロジェクトがスタートしました。飛驒《ひだ》牛ハンバーグの美味《おい》しさが決め手だったみたいです。夏目《なつめ》くんは糸島牛を推しましたが、俺は断然飛驒牛だと思います。姐さんもそうですよね。ローストビーフは尾花沢牛か、赤城山麓牛《あかぎさんろく》か、迷っているところです。姐さんの意見で決めます」

信司は楽しそうに捲し立てながら、エレベーターに進んだ。周囲の物々しい空気を一顧だにしない。

『こういう時には信司だ』や『初めて信司に感謝するぜ』という古参の幹部の心情が、ひしひしと氷川に伝わってくる。

「信司くん、本当に眞鍋食品会社は設立できるかな？」

氷川に続いてエレベーターに乗り込んだのは祐だけだった。イワシは送迎車から降りないし、卓はエレベーターの前でほかの構成員たちと一緒に頭を下げている。エレベーターのドアは鈍い音を立てながら閉まった。

その瞬間、古参の構成員がへなへなとへたり込んだ姿を氷川は見逃さない。額に噴き出た脂汗を拭《ぬぐ》っていたのは海坊主によく似た構成員だ。

「そんなの、姐さんと俺がいればできます。夏目くんは恋人に馬鹿にされても、反対されても、やりぬく覚悟があるそうですから大丈夫です。夏目くんは生ハムのために、恋人を階段から蹴《け》り落《お》としました」

信司が無邪気な笑顔で語ったことに、氷川はよろめいて背中をエレベーターの壁にぶつけた。

「……え？　階段から蹴り落とした？」

「なんか、恋人を階段から蹴り落とす夢を見たそうです」

「……そ、そっか、夢か……夢でよかった」

氷川がほっと胸を撫で下《お》ろすと、隣の祐《な》はシニカルに口元を緩めた。便利屋の夏目の恋人といえば、同じ清水谷《しみずたに》学園大学を卒業した怜悧《れいり》な弁護士だったはずだ。どちらも、学生時代から祐と交流があったらしい。

「現実でも生ハムのために階段から蹴り落とそうとしたそうですが、恋人に避けられて、夏目くんが階段から落ちたそうです」

「……え？　夏目くんは無事？」

「御園《みその》家の剛《ごう》くんが下敷きになったから助かったそうです。柔道野郎の剛くんは逞《たくま》しいですね。ももハム野郎です」

なんの脈絡もなく旧子爵家の御園家当主の名前が飛びだしても信司だから慌てない。氷川は幼い子供に接するような声音で尋ねた。

「いったいどういう状況だったのかな？」

「御園家の剛くんが姐さんへの未練を断ち切れなくて、浩太郎《こうたろう》くんが説教したんですが、夏目くんが恋人の弁護士にブチ切れて、生ハムを振り回したんです」

「もうちょっと順を追って説明してほしい」

「剛くんは姐さんが今でも大好きです。奥の手を使ってでも姐さんを御園家の跡取りとして迎え、ももハムを販売したいそうですが、浩太郎くんや弁護士が止めました。ももハムは生ハムと一緒に夏目くんが販売します」

祐の策だとわかっているが、氷川はまんまと信司の話に巻き込まれた。エレベーターはノンストップで最上階に到着する。

そうして、プライベートフロアの安全が確かめられてから、信司や祐と就寝の挨拶をした。

今夜、愛《いと》しい男が戻ってくる気配はない。

おそらく、詰問されるのがいやで逃げているのだろう。

清和くん、覚悟して。

明日にも総本部に乗り込んでやる、と氷川は心の中で予定を立てながらシャワーを浴び、キングサイズのベッドに横たわった。

天井に愛しい男が浮かぶ。

……が、薄れていく。

当直明けの身体は限界を迎えていたらしく、氷川は思い悩む間もなく深い眠りに落ちた。

3

アパートの前の道に青いベビー服に包まれた赤ん坊がポッンと落ちている。氷川《ひかわ》が慌てて抱き上げると、真っ赤なハイヒールが飛んできた。少しでも遅かったら、赤ん坊に当たっていただろう。

幼い清和《せいわ》の母親がアパートの前で、ヒモのような男と殴り合いの大喧嘩《おおげんか》を繰り広げていた。

『二度と競馬はしない、って約束したでしょう。別れる約束を忘れたのーっ?』

『園子《そのこ》、俺に惚《ほ》れているんだろ。惚れた男にガタガタ言うな』

『誰に養ってもらっていると思っているの? 今日という今日は許さない。今すぐ、出ていけーっ』

母親が稼いだ金をすべてヒモは競馬ですってしまったらしい。ヒステリックに騒ぐので、いやでも喧嘩の原因がわかる。

『おいおい、落ち着け。俺はいつでも別れてやる。いつでも別れてやっていいんだぜ。困るのは園子だろう』

ヒモは情事に持ち込もうとしているらしく、母親のミニスカートの中に手を潜り込ませている。抱き上げた幼い清和には見せたくない姿だ。

結果、ヒモの勝ちか。

あんなに激しく罵《ののし》っていたのに、清和の母親はヒモに肩を抱かれて駅のほうに行ってしまう。アパートの前に幼子をおいていたことをすっかり忘れている。

『……あ、清和くんがいるのに行っちゃった……どうしよう……』

ベビー服に包まれた清和を守る者は氷川しかいない。ただ、清和本人は母親がいなくても氷川に抱かれているからご機嫌だ。

『ちゃっちゃっちゃ～っちゃっちゃ～っ』

『清和くん、寂しくないの？』

氷川が顔を覗《のぞ》き込《こ》むと、赤ん坊は元気のいい雄叫《おたけ》びを上げた。

『ちゃーっ』

『僕と一緒に待っている？』

『ちゃっちゃっちゃっちゃっちゃ～っ』

幼い清和が小さな指で自動販売機を差せば、たとえ小遣いが乏しくても抗《あらが》えない。何より、空腹なのはわかりきっている。

氷川少年は幼い清和にアイスクリームを買い与え、膝《ひざ》の上で食べさせた。

『清和くん、美味《おい》しい？』

『ちゃーっ』

幼い清和の顔中がドロドロになったので慌てた。

けど、さらに可愛《かわい》い。

可愛いけれどドロドロで困る。氷川の衣服もアイスクリームでドロドロになれば、養母にどんな嫌みを言われるかわからない。

「……清和くん、いい子だから顔を拭《ふ》かせて……ハンカチは食べても美味しくないよ……ハンカチは食べ物じゃない……あ……夢だよね……夢だ……」

氷川は目を覚まし、夢を見ていたことに気づいた。もはや可愛い幼馴染《おさななじ》みは膝にちんまり座っていた男児ではない。アロマがほんのりと香るベッドルームに、愛《いと》しい美丈夫が帰ってきた様子はなかった。

「……清和くんがアイスクリームで喜んでくれる子だったらよかった……裏社会のボスなんて……アイスクリームでいいじゃないか……今ならどんなに高いアイスクリームでも買ってあげられるのに……」

高脂肪のアイスクリームを想像したせいか喉《のど》の渇きを覚え、氷川はベッドからそっと下りた。ベッドルームのドアを静かに開けると、リビングルームに人の気配がする。

「……眞鍋《まなべ》の、やりおったな。ようも俺を騙《だま》しやがった。たいしたもんや」

桐嶋《きりしま》さんだ、と氷川の耳に聞き覚えのある声が微《かす》かに届いた瞬間、息を潜める。

忍び足でフローリングの廊下を進み、開け放たれたままのリビングルームのドアの前で耳を澄ました。この位置ならばリビングルームのふたりから見えないはずだ。

「……あんな、一言でも言うてくれたらカズだけに無理させせんと俺も上手《うま》く立ち回った……のは無理やったかもしれんけどな。こんなん、カズと魔女がめっちゃ恨まれるやんか。魔女は自分でガードできるけど、カズには無理やで。カズへの恨みを増やしたらあかんがな……おい、聞いとうか？」

桐嶋が荒々しい語気で言うと、清和はいつもより低い声で詫《わ》びた。

「苦労をかけた」

「やっぱりカズと魔女の作戦やったんやな。おみそれしました」

「すまない」

「眞鍋の色男も作戦内容を詳しく知らんかったようやな。……そりゃ、姐《あね》さんに嘘《うそ》がつかれへんから無理ないわ。けどな、あれな、ほんまに本気を出したサメちんはごっついで。長江《ながえ》の極秘戦闘部隊がビビっとうらしいわ」

桐嶋の表情はわからないが、出没自在の男の実力に感服していることは間違いない。普段と声色がまったく違った。

「長江と死体の数が揃《そろ》えられない」

「サメちんが本気出したら死体の山で長江組のシマが埋まるわ。このままやったら抗争暴力団に指定されてまうから長江のオヤジが焦っとう。なんだかんだ言うても、長江の層は厚いから速攻で立て直そうとはしているんや。そうさせんと上手くピンポイントで攻撃するんのがサメちんでな」

「サメとウナギだ」

「ウナギっちゅうのはコロシのプロやな。半端ちゃう。ほんで、昔馴染みのアニキが俺に泣きついてきよったんや。知っての通り、今は名古屋の長江組系中部岡崎《おかざき》連合会の会長や」

　これが手土産や、と桐嶋は何か清和に押しつけようとしている。だが、清和は押し返しているようだ。

「……おい」

「大将、ここはひとつ頼んまっせ。しゃあないやろ。あのアニキが俺に頭を下げるなんてよっぽどやで。サメちんの猛攻に参っているんや。サメちんに降参したいけど、長江組からの圧力もごっついから板挟みで泣いとう」

「おい」

「裏社会を統一する色男の器の大きさを見せてぇな。中部岡崎連合会は表向き、長江組の二次団体やけど、ほんまはサメちんとこの二次団体やからな。つまり、眞鍋の二次団体や……せやからちょっとの間、サメちんのいけずを緩めてやってほしいんや」

清和が裏社会を制覇する極道だとして桐嶋は接している。茶化しているような声音ではない。

「都合のいい」

勝ち馬に乗る気か、と清和の怒気を含んだ感情が氷川にも切々と伝わってくる。同じように桐嶋の思いも流れ込んできた。

「しゃあないやろ。二次団体も辛《つら》いんや」

「桐嶋の、眞鍋か長江か、選べ」

激烈な支配者が桐嶋に二者択一を迫る。

間髪を容《い》れず、桐嶋は力強い声で宣言した。

「眞鍋の、愚問や。俺は姐さんの舎弟やで」

「そうだったな」

「ほんでな、俺だけやのうてカズのところにも取りなしの頼みがようけ来とうねん。カズのほうが数では多いんや……でな、俺の一人息子がカズに入らへんねん」

桐嶋の口調はそのままだが、ガラリと話題が変わった。

……桐嶋さん、僕の清和くんにいったい何を言いだすの、と氷川は神経を集中させて清和の返答を待つ。

「……入れろ」

清和の返事に声を出しそうになったが、すんでのところで思い留まる。桐嶋は大きな溜《た》め息《いき》をついたようだ。

「頑張っても入らへんねん」

「さっさと入れろ」

「どないしたら俺のビッグマグナムがカズの娘さんに入ると思う？」

「ねじ込め」

……あぁ、僕がいるって気づいたんだな、と氷川は手で髪の毛を整えてから堂々とリビングルームに足を踏み入れた。

「清和くん、桐嶋さん、それで誤魔化しているつもり？」

明るいライトの下、清和と桐嶋の周りには酒瓶が何本もあった。どういうわけか、傷薬も転がっている。テーブルには白百合《しらゆり》の花束とともに封切り前の高級ボトルがやたらと目につく。桐の箱に詰められたメロンや苺《いちご》もある。

窓際では藤堂《とうどう》とリキがｉＰａｄを眺めながら話し合っていた。

「姐さん、おねむのところを起こしてしもたんやな。すんません。可愛いパジャマを餅《もち》と一緒に焼いて、色男とおねんねしてえや」

桐嶋はどこぞのご隠居のようなかけ声をかけて立ち上がると、藤堂の肩を抱いてリビングルームから出ていこうとする。

もちろん、氷川は桐嶋の腕を摑《つか》んで引き留めた。

「桐嶋さん、待ちなさい」

「カズに俺の一人息子をちゃっちゃと入れたいねん。今夜こそ、入れるわ」

桐嶋は苦悩に満ちた青年を演じたが、氷川は白々しくてたまらない。無意識のうちに手に力が入った。

「そういったセリフ、今まで何度、聞いたと思う？　誤魔化しても無駄だよ。今、桐嶋さんも藤堂さんも長江組分裂に協力している？」

「今夜こそ、本気なんや。カズが泣いても喚《わめ》いてもねじ込んだる」

「清和くんが裏社会のボスってどういうこと？　僕の清和くんはアイスクリームでご機嫌になる子だったんだよ」

「カズの娘さんの開通工事で俺の頭はいっぱいなんや」

「清和くんは裏社会を統一したりしない。桐嶋さんも藤堂さんも協力しない。桐嶋さんは僕の舎弟だから反対するよね」

氷川が般若《はんにゃ》のような顔で捲《まく》し立《た》てると、それまで無言だった藤堂が初めて口を挟んだ。

「姐さん、眞鍋の二代目は長江組による裏社会の一本化を阻止しました。今まで誰にもできなかった快挙です」

藤堂の涼やかな目や声音に皮肉は微塵《みじん》も含まれていない。表情はこれといって変わらないが、心から称《たた》えているようなフシがある。

　何せ、貧困問題が取り沙汰《とざた》される景気に比例するように衰退の一途を辿《たど》る極道界でも、長江組の勢力拡大は勢いを増し、東京を陥落させるのは時間の問題と目されていた。共存を掲げる竜仁会《りゅうじんかい》の会長がいなければ、すでに関東は長江組の勢力下にあったかもしれない。

「……か、快挙？」

「二代目が長江組に成り代わり、裏社会の統一を果たします。史上、誰にも果たせなかった夢です。おめでとうございます」

「……お、おめでとう？　めでたくないっ」

　氷川が般若のような顔つきで叫ぶと、藤堂は仏頂面の清和に視線を流した。

「二代目、魔女も言っていましたが、姐さんには明かしておいたほうがよろしい。今後のこともありますから」

　清和は憮然《ぶぜん》とした面持ちで睨《にら》み返すが、藤堂はいつもと同じように泰然としている。英国紳士さながらの余裕だ。

「……おい」

「姐さんに理解してもらうのは元紀《もとき》や俺の役目ではありません。失礼する」

「……そういうことやから……メロンやら苺やらなんや珍しいフルーツは各親分さんから

の姐さんへの貢ぎもんやから食うてぇな。ほな……」

桐嶋はさりげなく氷川の手から逃げると、藤堂とともにリビングルームから消えた。玄関のドアの開閉の音が聞こえてくる。

「……桐嶋さん……もう……清和くん、どういうこと？」

氷川が般若顔で尋ねると、清和は顰《しか》めっ面《つら》で視線を逸《そ》らした。

「…………」

「清和くん、どこを向いているの？」

清和の視線の先にはスーツの下に極彩色の虎《とら》を秘めているリキがいた。けれど、氷川に挨拶《あいさつ》もせずに立ち去ろうとしている。

桐嶋と藤堂に続いて虎まで逃したりはしない。

「……あ、リキくん、待って」

「姐さん、失礼します」

リキが通例の淡々とした挨拶をして出ていこうとするから焦った。

「待ってーっ」

知《し》らず識《し》らずのうちに、氷川はテーブル上のメロンを掴み、リキめがけて投げていた。

ボトッ。

リキに掠《かす》りもせず、メロンは壁にぶつかって落ちる。

引き留めも虚《むな》しく、リキは悠々と行ってしまった。玄関のドアの開閉の音が無情にも響く。

「……あ、果物を投げるなんて……この僕が……」

氷川は自分の取った行動に呆然《ぼうぜん》とする。フローリングの床に落ちた高級メロンを拾うことさえできない。

もっとも、すぐに氷川は正気を取り戻した。

「清和くん、どういうことかちゃんと説明して」

「…………」

「もう清和くんは『ちゃっちゃっちゃっ』しか、言えない子供じゃないでしょう。説明できないなら、ヤクザなんてやめて僕の膝でアイスクリームを食べていなさいっ」

ベビー服姿の清和もアルマーニ姿の清和も、氷川にはさして変わらない。できるならば、今でも抱いてあやしたい。……否、今こそ抱いてあやしたい。

「……果物はお前に」

何を思ったのか不明だが、清和は真剣な顔で床に落ちたメロンを見つめながらボソリと言った。

「……そ、そういう説明じゃない。そういうことじゃないのっ」

ガバッ、と氷川は愛しい男に飛びついた。

強靭《きょうじん》な身体《からだ》はビクともしないし無表情だが、内心はだいぶ動揺している。周りの空気は明らかに変わった。

「…………」

「一般人を巻き込んだ銃撃戦とか、そういう恐ろしい殺し合いの抗争を止められたのはいい。サメくんが変装して長江組の内部に潜り込むのも被害者が少なくなる作戦かもしれない……かな……なのかな……どっちにしろ、長江との抗争は終わった。終わったんだよね。もうサメくんに帰ってきてもらおう」

氷川は清和の襟首を掴み、感情のまま捲し立てた。予想だにしていなかった事態に、自分の中の大切な何かが抜け落ちている。

「…………」

「どうして、サメくんに帰ってきてもらわないの？」

サメが東京に戻ってくれれば関西ヤクザ大戦争の幕は下りる。元若頭の平松《ひらまつ》として長江組に詫びを入れ、一徹《いってつ》長江会の看板を下ろし、ヤクザを引退すればいい。かつての長江組分裂戦争の幕引きのように。

「…………」

「まさか、このままサメくんに関西大戦争をさせる気なの？」

今までの情報や経緯を考慮すれば、あってほしくないシナリオが想像できる。関西大戦争で長江組が弱体化するのは火を見るより明らかだ。

「関西大戦争をさせて、弱くなった長江組を壊滅させる気？　それで清和くんは何をするの？　長江組が狙《ねら》っていた暴力団の統一をする気じゃないよね？　日本全国に眞鍋組系の暴力団なんて作らないね？」

ガクガクガクッ、と氷川は摑んだ襟首を力任せに揺さぶったが、憎たらしいぐらいの無表情だ。

「…………」

「清和くん、僕を見てっ」

裏社会の支配者に名乗りを上げようとしている男は、決して自身の女房と視線を合わせようとしない。口も真一文字に結んだままだ。

「僕を見て答えて」

ズイッ、と氷川は強引に愛しい男の目を自分に向かせた。

「…………」

十歳年下の幼馴染みの鋭い双眸《そうぼう》には自分しか映されていない。氷川はまじまじと確認してから口を動かした。

「清和くんはヤクザになっただけじゃなくて、そんな恐ろしい大ボスになろうとしていたの？」

「…………」

「僕の可愛い清和くんは、僕の膝でアイスクリームを食べているだけで幸せそうだったよ。僕と手を繋《つな》いでいるだけでも嬉《うれ》しそうに笑っていたのに……」

氷川の全身が名前のつけられない感情で震えても、清和の顔色はいっさい変わらない。それでも、鋭い双眸には恋女房に対する一途《いちず》な愛が込められている。

「…………」

「……ぼ、僕がいるのに……僕を愛しているならオムツ時代に戻りなさい。僕が責任を持って育てるっ」

感情が昂《たか》ぶり、とうとう氷川の目から大粒の涙がポロポロと溢《あふ》れだす。時間が巻き戻せるなら、もう一度、愛しい男を小さくして可愛いベビー服を着せたい。どんなに多忙でも、手作りの離乳食を食べさせる。

「……泣くな」

白旗を掲げるかのように、清和は腹から絞りだしたような声でポツリと言った。敵に容赦がないと恐れられている極道は、自分の女房の涙には手も足も出ない。

「……ど、どうして？」

氷川が溢れる涙を拭《ぬぐ》うこともせず、愛しい男を真っ直《ます》ぐに見つめた。さらなる愛しさが募る。

「……許せ」

「本気なの？」

氷川の質問に対し、眞鍋組二代目組長の答えはない。けれども、氷川にはなんとなく心の中を読み取ることができる。膝でアイスクリームを食べていた子供は裏社会を牛耳《ぎゅうじ》る気だ、と。

「本気で裏社会のトップを目指すの？」

今までそういった素振りは一度も見せなかった。清和のみならず幹部たちにもそんな野心を感じなかったから信じられない。

「…………」

もう引くことができない、と清和の鋭利な双眸は語っている。裏社会の頂点に立つ覚悟を決めたような気がした。

「そんな暇があるなら僕のそばにいて」

氷川は涙を流しながら、愛しい男の広い胸に顔を埋めた。今までとなんら変わらない温かさだ。

「…………」

ぎゅっ、と清和の逞《たくま》しい腕が氷川の身体を抱き締めた。まるで許しを請うかのように。

「銀ダラくんから聞いているよね。どんなにいやらしいことをしてもいいから僕のそばにいて」

氷川の涙は一向に止まらず、清和は辛そうに溜め息を零《こぼ》した。

「……泣かないでくれ」

「清和くん、いい子だから諒《りょう》兄ちゃんを泣かせないで」

泣かせているのは誰、と氷川は心の中で幼馴染みを咎《とが》めた。泣きたくて泣いているわけではないのだ。

「すまない」

「諒兄ちゃんは清和くんと一緒に笑って暮らしたい」

可愛い幼馴染みと再会し、思いがけなく抱かれ、深く愛し合った。後悔していないが、心の底からふたりで笑い合ったことがあっただろうか。ふと、そんなことを考えてしまうが、思い出を辿っている余裕もない。

「………」

「裏社会のボスになってどうするの？　祐《たすく》くんが言っていたように麻薬撲滅キャンペーン？　なんのために警察や麻薬Gメンがいると思っているの？」

「………」

氷川が詰《なじ》るように言うと、清和の身に纏《まと》う空気が冷たくなった。

「サメくんを呼んで」

「…………」

「僕、サメくんを呼んでくる」

氷川は顔を上げると、清和の広い胸から離れようとした。

だが、雄々しい腕に引き戻される。

「やめろ」

それだけはやめてくれ、と清和は言外に匂《にお》わせている。

確かに、今、眞鍋組の二代目姐が関西に乗り込むことは火に油を注ぐようなものだ。下手をしたら、関西大戦争が天下分け目の合戦になりかねない。

「サメくんが化けた元若頭を疑っている長江組構成員がいる。明和《めいわ》に乗り込んできた彼らはどうしたの？」

「…………」

眞鍋の昇り龍の逆鱗《げきりん》に触れ、助かった者はひとりもいない。返答はなくても、氷川には想像がついた。

「……ま、まさか……始末したとか……エリザベスが言っていたことは本当だったの？」

「聞くな」

密着した清和の身体から闘う男の血を切ないぐらい感じ、氷川は言いようのない不安に駆られた。

「……ほ、ほかにもたくさん疑っている長江組構成員がいるはず。サメくん自身、危ないでしょう」

いくら宋《そう》一族のサポートがあるとはいえ、サメは敵陣のど真ん中に居座っているようなものだ。関西という本拠地で戦う長江組の力は、今までとは比較にならない。

「…………」

あいつは殺しても死なない、と清和が誇らしそうに心の中でサメについて語っているような気がした。摑《つか》み所《どころ》のない男に対する信用は厚い。

「サメくんなら大丈夫？　そんなにサメくんの実力を信じているの？」

「…………」

「……なら、そんなにサメくんがすごいならさっさと長江組分裂を鎮めてもらおう。これ以上、誰の血も流しちゃ駄目だよ」

サメのシャレにならない芸人根性が強すぎて、外人部隊のニンジャと称えられた実力が霞《かす》んでしまう。氷川の耳にはサメのオカマ声がこびりついていた。

「…………」

あいつはすごい、と清和の深淵《しんえん》が漏れたような気がしないでもない。つい先ほど、桐嶋もサメを手放しで称賛していた。

「もしかして、やる気を出したサメくんを止められないの？」

「…………」

「サメくんのサボり癖は？」

蕎麦《そば》の食べ歩きだの、パスタの食べ歩きだの、サメはなんだかんだ理由をつけては逃げようとした。今回の関西行きもたこ焼きやインドカレーの食べ歩きという名の逃亡のほうがしっくりくる。

だが、今回ばかりは違った。

「…………」

「祐くんと話していてチラっと思ったし、さっきの藤堂さんや桐嶋さんを見ても思ったけど、もしかして、祐くんも藤堂さんも桐嶋さんも清和くんの裏社会統一を願っている？リキくんも？」

祐にしろリキにしろ藤堂にしろ桐嶋にしろ、どうも周囲は清和による裏社会の一本化を願っているように思えてならない。誰かひとりでも異議を唱えていたら、長江組相手にここまで食い込めなかっただろう。仕事帰りに会った闇組織の関係者たちもそういったフシがあった。特にベトナムの民族衣装姿の青年が、清和の裏社会大ボス就任を期待していたことは確かだ。

「…………」

カンがいいな、と清和の内心の焦りが聞こえたような気がした。若い男は周りの期待を一身に背負っている。

「そうなの？　みんな、眞鍋の全国制覇を願っているの？」

清和の顰《ひそ》められた眉《まゆ》を見る限り、氷川のいやな予感は当たっている。

「……………」

「どうして？」

シマの取り合いに明け暮れているのは暴力団やマフィアだけではない。一般企業も利潤追求のため、シビアなビジネス戦争を繰り広げている。勢力拡大への欲望は世の常なのかもしれないが。

「みんな、麻薬が嫌いだ」

清和はようやく重い口を開いたが、氷川に納得できるはずがない。応じるのも馬鹿《ばか》らしかった。

「それは僕も嫌いだ。医療用の麻薬以外は認めない。けど、麻薬撲滅は警察や麻薬Gメンに任せよう」

「……………」

サツはなんの役にも立たない、と清和の鋭敏な双眸から警察への不信感を読み取ることができる。

だが、麻薬の問題ではない。

「理由は麻薬だけじゃないね？」

「…………」

不夜城の覇者の憮然とした面持ちには、長江組に対する脅威が如実に表れている。今、滅ぼしておかなければ、復活した長江組に東京は支配されるかもしれない。時に下手な情けは破滅の元凶になる。

「……いずれ、また長江組と敵対するから今のうちに壊滅させておきたいの？　そんな理由で？」

氷川が長い睫毛《まつげ》に縁取られた瞳《ひとみ》を揺らすと、清和は苦渋に満ちた顔で息を呑《の》んだ。

「…………」

「清和くん、恐ろしいことはしないで」

「…………」

「そんな恐ろしいことを考えず、僕と一緒にいることを考えて」

氷川は甘えるように清和の首筋に顔を埋めた。カプッ、とそのまま首に軽く噛《か》みつく。

「…………」

「……あ、ほら、僕といるんだからいやらしいことをしていいよ」

再会した可愛い幼馴染みは剛健な男たちを従える極道になっていた。もうスイーツは欲しがらず、氷川の肌を求める。身体の負担を考慮し、口に出したりはしないけれど。

「…………」

「毎日、していいんだよ」

愛しい男が望むならばいくらでも与えたい。果てしない野望を消してしまうくらい自分でいっぱいにしたい。いったいどのような行為をすれば、愛しい男は裏社会の一本化を忘れてくれるのだろう。

「…………」

「……えっと、その、とってもいやらしいこと……あ、あれ、あれ、ベルトを貸してね」

……あれだ、と氷川はひらめいた瞬間、清和のアルマーニのベルトを引き抜いた。質がいいことは間違いない。

「…………」

パシッ。

氷川はアルマーニのベルトを鞭《むち》のようにしならせた。

「……これでビシバシしながら、罵ればいいんだよね？　でも、痛いよね？　僕は清和くんをビシバシするのはいやだな」

バシッバシッバシッ、と氷川は慣れない手つきで鞭代わりのベルトを振るいながら愛しい男を罵倒《ばとう》しようとした。

が、罵倒できない。

「…………」

不夜城の覇者に普段の凄絶《せいぜつ》な覇気は微塵もなく、魂のない石像のような目で鞭代わりのベルトを見つめている。

「ハイヒールで清和くんを踏んづけるのもいやだな。第一、僕はハイヒールなんて持っていない」

医局で無造作に積まれていたスポーツ新聞には、男性医師たちがこぞって愛読している風俗体験記事が掲載されている。本日、長江組の大原《おおはら》組長就任時の騒動の記事の下には、豊満な身体つきの美女に真っ赤なハイヒールで踏みつけられた風俗ライターの写真があった。『こんな快感は初めてだ』という見出しが躍っていたのだ。

「……おい」

清和の困惑気味の声を掻《か》き消《け》すように、氷川は鞭代わりのベルトでフローリングの床を打った。自分を騙しても、愛しい男を鞭で打てない。

「ビシバシした後、清和くんが下で僕が上……僕は頑張る。大丈夫だ。じっとしていてくれたらちゃんと挿《い》れられると思う」

鞭で打たれてハイヒールで踏みつけられたからこそ快感が倍増した、というような類《たぐ》いの体験談が太字で綴《つづ》られていた。愛読者の若手眼科医によれば、普段の風俗体験記事より写真は大きいし、文字数も多かったらしい。

「…………」

　いったいその情報はどこで仕入れた、と清和の切れ長の目は語っている。周りの空気は微妙だ。

「今日、医局で見たスポーツ新聞に載っていたんだ。風俗ライターがとっても興奮したとか？　最高だとか？」

　氷川が真剣な顔で告げると、清和は低い声でボソリと言った。

「俺にその趣味はない」

「……趣味？」

　氷川が鞭代わりのベルトを手放すと、清和は大きく頷《うなず》いた。

「ああ」

「……趣味って……あ、でも、清和くん、元気になっている。いい子」

　氷川はいつの間にか硬くなっている清和の下半身に気づいた。ズボン越しでも明確にわかる。

「…………」

「こっちはいい子なのに」

　氷川は躊躇《ためら》いもせずに清和のズボンのファスナーを下ろし、その熱くなった肉塊を直《じか》に確認する。素直に育ってくれたように思えてならない。

「…………」

「裏社会のボスなんかになったら、僕にいやらしいことをする時間がなくなるよ」

ぎゅっ、と氷川は思いの丈を込めるかのように愛しい男の分身を握った。反射的に氷川の身体にも熱が走る。

「…………」

清和の仏頂面に秘められた感情が、氷川の身体に伝わってきた。どんなに多忙を極めても、夫婦の時間は捻出《ねんしゅつ》するつもりだ。

「……え？　無理やりに作るの？　睡眠時間を削るの？　睡眠時間を削ってまですることじゃないよ」

「…………」

「僕は断固として反対する。清和くんを裏社会のボスにはさせない」

ぎゅぅ～っ、と氷川は真っ赤な顔で清和の分身を締め上げた。潰《つぶ》す気は毛頭ない。知らず識らずのうちに手が動いてしまうのだ。

「…………」

「僕はサメくん以上の本気を出して阻止する」

氷川が滅多に見せないサメの本気に宣戦布告した瞬間、清和はくぐもった声で制した。

「やめろ」

「典子《のりこ》さんは僕と同じ気持ちだと思う」

清和の極道界入りに反対した養母ならばわかってくれる。氷川にはそんな確信があった。眞鍋組構成員にとっても、典子は母親に等しい存在だから頼りになる。ひとりでは無理でもふたりなら阻止できるだろう。

「オフクロを巻き込むな」

「橘高《きったか》さんは賛成しているの？」

どう考えても極道らしからぬ戦い方だ。今となっては化石となった昔気質《むかしかたぎ》の武闘派が、今回の作戦に賛成したとは思えない。知っていたならば、決行前に止めていただろう。

「もうよせ」

「橘高さんなら今回のサメくんの変装作戦に反対したよね？　橘高さんたちには知らせずに実行した？　今でも知らないのかな？」

氷川の質問に清和は答えようとはしなかった。

「寝ろ」

清和は氷川の肩を掴み、自身から引き離そうとした。

もちろん、氷川は離れたりはしない。ぎゅっ、と愛しい男の分身を掴んだままだ。一向に萎《な》える気配がないから可愛い。

「目が冴《さ》えちゃった。眠れるわけがないでしょう」

当直明けだから疲弊しているはずなのに、少しの仮眠と予想だにしていなかった事態に眠気が吹き飛んでしまった。このままベッドに横たわっても眠れる気がしない。何より、愛しい男のそばにいたい。

「……………」

「こっちはいい子だから可愛がってあげる」

氷川は聖母のような微笑を浮かべると、清和の分身を優しく握り直した。さらに膨張したような気がする。ここまで成長したら、いつ爆発してもおかしくはない。

「……………」

「ここで出していいよ」

氷川は自分の手で愛しい男を頂点に導きたくなってしまう。正直に言えば、自分の理性がしっかりしている時に清和が果てる顔を見てみたい。

「……………」

「もう辛いでしょう。いいんだよ」

「……………」

清和は顰《しか》めっ面《つら》で氷川の手を摑み、急所から引き剝《は》がそうとした。これ以上、触るな、という意思表示だ。

「どうして拒むの？」

これは僕のもの、と氷川は所有権を主張するように清和の分身を摑み直した。手放したくない。

「…………」

「怖くないから任せなさい」

氷川の脳裏にはここ最近のスポーツ新聞で仕入れた人妻レポート記事もインプットされている。

「…………」

「僕が欲しいんでしょう？　隠せないよ？」

清和がどんな仏頂面でも下肢は熱く滾《たぎ》ったままだ。パジャマ姿の氷川が密着しただけで反応したらしい。

「…………」

ここで抱いたらどんな交渉条件を呑まされるかわからない、と清和の心の奥から切羽詰まった懸念が伝わってくる。

「清和くん、僕をよく見て」

「…………」

……ああ、清和くんもこっちの魂胆がわかっているんだ。

けど、清和くんは僕と交渉する気はない。僕の意見は無視する気だ、と氷川は骨の髄まで極道と称された眞鍋の昇り龍の心の芯《しん》を探る。

「僕か、全国制覇か、どちらか選んで」

無駄だとわかっていながら、二者択一を迫らずにはいられなかった。自身が二代目姐として目されているからなおさら複雑なのだ。

「やめろ」

「裏社会のボスを目指すなら別れる……のは無理だから別れないけれど……別れられないけど……別れてあげないけど……」

氷川は脅しであっても別離が言えない。同じなのか、少し違うのか、定かではないが、清和も決して別れを口にしない。

「生涯、手放す気はない」

氷川がどんなにいやがっても、清和が姐として隣に座らせるのは十歳年上の幼馴染みだという。前々から断言していた。

「僕を手放したくないなら裏社会のボスは諦《あきら》めて」

「俺が何者になっても手放さない」

俺を憎むことになってもお前は俺のものだ、と独占欲の強い男の激情が氷川の心に矢となって突き刺さる。

「つまり、僕に諦めろと？」

氷川が伏し目がちに指摘すると、清和はいつもより低い声で言った。

「わかってくれ」

「……わかってくれ、って……ズルい言い草……口下手のくせに……」

こんな狡猾《こうかつ》な物言いができたの、と氷川は不器用な年下の亭主を知っているから呆気《あっけ》に取られてしまう。

「…………」

「……まぁ、清和くんひとりの問題じゃないんだよね。これ、多くの人の思惑がたくさん絡んでいる」

清和どころか、眞鍋組のみならず宋一族や桐嶋組など、あちこちの利害が複雑に絡んでいるような気がしないでもない。川の流れを簡単に変えられないように、ここで氷川がひとりで反対してもなんの意味もないのだろう。

「…………」

「……仕方がない。清和くんの全国制覇を阻止するのは諦めた。全国制覇なら野球とかサッカーですればよかったのに残念」

完全に認めたわけではないが、氷川は引くことに決めた。……引くしかないのだ。いったん、引いたように見せかける。

本当の勝負はそれからだ。

「……………」

「清和くんが裏社会を統一してもいい。けれど、裏社会を統一した暁には、全国の暴力団に麻薬とかの恐ろしいビジネスをすべてやめてもらう。全国の暴力団による『お母さんの台所』プロジェクトを推進するからね」

氷川が黒目がちな目に闘志を燃やすと、清和は驚愕《きょうがく》したらしく眉を歪《ゆが》めた。

「……………」

「眞鍋組系長江組の目玉商品はたこ焼きとお好み焼きだ。名古屋の暴力団が取り扱う商品は、きしめんとかういろうとか鶏手羽先だよ。インド・マフィアの取扱商品はインド料理だし、タイ・マフィアの取扱商品はタイ料理だ。裏社会の大ボスは違法なビジネスを廃止させること。いいね」

各地の暴力団はご当地グルメを扱う食品会社に転向させる。氷川には新たなビジョンが見えた。どの暴力団もマフィアも食品会社になるほうがずっといい。

「……………」

「譲歩してあげたんだから感謝して」

氷川が大きな溜め息をつくと、清和は苦しそうにポツリと言った。

「すまない」

「……もう……もうっ……どうしてこんなことに………」

氷川の目から溢れた涙がポタリ、と握っていた清和の分身の亀頭《きとう》に落ちた。まるで狙い定めたかのように。

「すまん」

雄々しい美丈夫の謝罪は在りし日の幼い男児の泣き声のように切ない。

「優しくキスして」

氷川が涙声で請えば、望んだ通りのキスが与えられる。闇組織の頂点に王手をかけた男とは思えない優しいキスだ。

「……おいで」

チュッ、と氷川は清和のシャープな顎先《あごさき》にキスを返した。

「いいのか？」

ＯＫが出るとは思っていなかったらしく、清和の鋭い双眸が微かに揺れた。身に纏っていた雰囲気も変わる。

「全国展開する眞鍋食品会社の社長になったら忙しくなると思うから……今のうちに少しでも……こういうのは睡眠時間を削ってまでしちゃ駄目だからね……」

「すまない」

「僕の清和くんは馬鹿な子だね。勢力なんて拡大しなければ、僕ともっと一緒にいられるのに」

僕にベタ惚《ぼ》れしている、って誰もが口を揃える。

そのわりに僕とふたりきりでいる時間を作ろうとしない、と氷川は修羅の世界で生きる男の生き様に呆《あき》れた。

もっとも、氷川自身、どんなに清和を愛していても仕事をセーブできないからお互い様かもしれない。

「…………」

「僕とふたりでいる時は僕のことだけ考えていてね」

「ああ」

「僕には清和くんだけだ」

この先、何が起ころうとも清和以外には考えられない。今後、命より大切な存在には巡り合えないだろう。

「……俺も」

照れくさそうに答えてくれた不器用な男が愛しい。どんな言葉を以《もっ》てしても、清和に対する愛には足りない。

「そうだよ。清和くんには僕だけ」

「ああ」

「清和くん、今よりもっと忙しくなるから若くて綺麗《きれい》な女の子の据《す》え膳《ぜん》を食べている暇はないからね。そんな時間があったら僕のところにすっ飛んでくるんだよ」

氷川は切実な問題を注意してから、身につけていたパジャマのボタンを外した。明るいライトの下、白い肌が露《あらわ》になれば清和からオスのフェロモンが発散される。

「わかっている」

清和の視線の先は氷川の胸の飾りだ。見つめられているだけなのに、甘く噛まれているような感じがする。これが男としての目だ。氷川は白い頬《ほお》を薔薇《ばら》色《いろ》に染め、上ずった声で注意した。

「……あ、あんまりいやらしいことをしちゃ駄目だよ」

「…………」

それはないだろう、と清和の全身から内心が伝わってくる。どうも密《ひそ》かに期待していたらしい。

「どんなにいやらしいことをしてもいいから僕のそばにいて、って言ったけれど、清和くん、僕のそばにいてくれないでしょう」

氷川にも氷川なりの言い分があった。いやらしい情事で止められるならばいくらでも頑張るつもりでいたのだ。

「…………」

清和のオスのフェロモンになんとも形容しがたい喪失感が混じるが、氷川は聖母マリアを意識した笑顔を浮かべた。

「これから眞鍋食品会社の全国チェーン展開計画でますます忙しくなるよね？　僕のそばにいてくれなくなるね？」

「…………」

「……だから、あんまりいやらしいことをしちゃ駄目だよ」

氷川は清和の鼻先にキスをしてから、パジャマのズボンを脱いだ。ねっとりと絡みつく視線を意識しながら下着も脱ぐ。今さらながらに羞恥心《しゅうちしん》が込み上げ、愛しい男と目が合わせられない。

「…………」

剝《む》きだしの下肢に反応した若い男の分身が視界に飛び込んでくる。氷川は隠しようのない男の快感に上ずった声を上げた。

「……あ、いい子がまた大きくなった」

僕でこんなになったんだよね、と氷川に言いようのない愛しさが込み上げた。触発されたように肌が甘く痺《しび》れる。

「…………」

「僕の清和くん、おいで」

氷川はその場で背中からゆっくりとフローリングの床に倒れた。膝を立て、誘惑するように左右に開く。

「いいんだな」

あられもない肢体に惑わされたらしく、清和は獰猛《どうもう》なオスの本性を隠そうともしない。肉塊はさらに膨張した。

「いいよ」

氷川は覚悟を決め、若い男を誘った。

「……っ」

我慢できなくなったらしく、清和が物凄《ものすご》い勢いで氷川の身体に覆《おお》い被《かぶ》さる。熱くなった肉塊は氷川の秘部を刺激した。

「……あ、清和くん」

ツンツン、と意地悪く局部を突かれ、氷川は下肢を震わせた。重なり合っている若いオスの激情が一気に流れてきたような錯覚に陥る。熱くて熱くてたまらない。

「俺のものだ」

清和がそばに転がっていた傷薬を手に取り、潤滑剤代わりに使った。氷川はただただされるがままだ。

「そうだよ」

「俺が何者になっても手放さない」

「僕も清和くんから離れてあげない」

誰にも邪魔できないふたりだけの熱い時間の幕が上がる。お互いにお互いしか感じられない時間は至福の時だ。

「力を抜け」

ズブリ、という今までに何度も聞いた音と凄絶な圧迫。

「……あっ」

一瞬の後悔と期待で氷川の真珠色の肌にピリピリピリッ、としたものが走る。ズクズクズクッ、とそこが凄《すさ》まじい痛みと悦楽で疼《うず》く。

「……っ」

「……あっ……あ……おっきい……」

肉壁を押しわけ、突き進んでくる分身が一段と膨張した。無意識のうちに、氷川の腰が揺れる。

「力を抜いてくれ」

「……あ、また大きく……」

清和の凶器に等しい熱情に貫かれ、氷川の身体は快感の海に沈められた。もう、何も考えられない。

ふたりの理性がどこかに飛んだ。

その夜、不安を振り切るかのようにふたりはお互いを求め合った。どんなに与え合っても足りない。

体位を変えて二度、リビングルームでふたりは頂点に駆け上った。それでも、ふたりとも満足できない。

「清和くん、いいよ」

「いいのか?」

「まだ欲しいんでしょう」

若いオスがメスと化した氷川の身体を抱き上げ、ベッドルームのキングサイズのベッドに移動する。

シーツの波間でふたりはお互いを強く求め合った。

4

翌日、氷川《ひかわ》が目覚めた時、そばに命より大切な男はいなかった。ベッドルームのドアはきっちり閉められ、ブラインドも下りたままだ。

隣の枕《まくら》には清和《せいわ》の髪の毛が落ちている。

「……清和くん？」

ふたりで深く愛し合ったベッドを降り、部屋から出たが、人の気配はまったくない。

「清和くん、朝のキスは？」

念のため、リビングルームも奥の和室も確かめたが、清和の痕跡《こんせき》すら見つけられなかった。それでも、昨夜あった出来事が夢ではないと、北欧製のテーブルに積まれている白百合《しらゆり》の花束や高級果物、酒瓶が物語っている。昨夜、リキの背に向けて投げた高級メロンはフローリングの床に転がったままだ。

「……あ、これ……」

潤滑剤代わりに使った傷薬を見つけ、氷川に羞恥心《しゅうちしん》が蘇《よみがえ》る。傷薬を秘所に塗られた感触も思いだす。愛《いと》しい男の熱い腕も吐息も硬い分身も全身で覚えている。首筋や肩を甘く嚙《か》まれたことも乳首を執拗《しつよう》に愛撫《あいぶ》されたことも鮮明だ。

『いいのか？』

『……わ、悪い子……』

『いいのか』

『……そ、そんな……こと……口下手のくせに……』

カッ、と全身が熱くなる。振り切ろうとしても振り切れない。

だが、床のメロンを見つめて自制心を取り戻した。こんなところで恥じらっている場合ではない。

「僕は久しぶりに何もない休日だけど、清和くんと朝ご飯も食べられないのか」

氷川は独り言を漏らすと、床に落ちたメロンを拾った。食べ頃まで余裕があるせいか、固かったらしく果肉は崩れていない。

食べ物を粗末にしてはいけません、と氷川は自分で自分に改めて注意した。

もし、メロンがリキの後頭部にヒットしたら危険だった。我ながら血迷っていたと、メロンをテーブルに載せながら反省する。

「……あれ？　また花束と果物とお酒が増えた？　昨日の晩は椅子《いす》に花束や果物はなかったよね？」

昨夜、きっちり確認したわけではないが、確実になかったものが増えている。深い眠りに落ちている間に誰かが花束や果物を置いていったのだろうか。

桐嶋《きりしま》が裏社会のボスと喩《たと》えた清和に向けたセリフが脳裏に蘇る。これらの花束や果物、酒は眞鍋《まなべ》組二代目組長夫妻への進物だった。桐嶋は名古屋の長江《ながえ》組系暴力団の取りなしにやってきたはずだ。長江組と一徹《いってつ》長江会を操る眞鍋組の抗争に関し、板挟みになっている暴力団は保身を図りつつ、戦況の行方を注視している。

「……花と果物は僕に？　お酒は清和くんに？　まさか、また誰かのお願い？　誰かのお願いがまた増えた？」

考えれば考えるほど、恐ろしくなってくる。食品会社の全国展開をイメージしたが、清和やリキが商品を武器に替えてしまう。妄想力にも限度があるのだ。

「清和くん、日本刀は美味《おい》しくないよ。ハンバーグやミートボールのほうが美味しいよ……どうしてそんなに拒むの」

変に力みすぎたのだろうか。

ドロリ、としたものを秘部から感じ、氷川は慌てて下腹部に力を込めた。そのままバスルームに飛び込む。

とりあえず、情交の名残を流すことが先決だ。

広々としたバスルームにはなんの異常もないし、清和がシャワーを使った形跡もない。情事の名残をすべて洗い流し、バスルームから出た。

純白のバスローブに袖《そで》を通していると、なんとなく人の気配がする。最新式のドライヤーで髪の毛を軽く乾かし、チェストに収められていた新しい下着を身につけた。スーツやネクタイはないが、シャツやチノパンなど、あらかたのものはパウダールームに揃《そろ》えられている。留守にしていた間、誰が掃除したのか不明だが、塵《ちり》や埃《ほこり》は積もっていなかった。ダストボックスにゴミはひとつもない。

氷川は物音を立てないようにリビングルームに向かう。

すると、聞き覚えのある声が耳に飛び込んできた。眞鍋組と何かと縁のあるホストクラブ・ジュリアスのオーナーの声だ。

「みんな、その気でしょう。二代目がやらなきゃ、誰がやるんですか?」

嫌みではなく、揶揄しているわけでもないし、急《せ》き立《た》てているわけでもないような気がする。ただ、いつもとオーナーの声音が違うのは確かだ。

「……おい」

清和の威嚇するような顔が、氷川には容易に想像できる。相手がオーナーでなければ、問答無用で下がらせていたかもしれない。もともと、橘高《きったか》に恩があるらしいが、オーナーはことあるごとに清和の力になった。毎日のように新規開店と閉店を繰り返す業界で、したたかに勝ち続けている強者だ。

「こればかりは虎《とら》にはできない。魔女にもサメにも橘高さんにも安部《あべ》さんにも、先代組長があの世から蘇ってもできない。竜仁会《りゅうじんかい》の会長にも無理です。できるのは、二代目だけでしょう？」

「誰もやらないとは言っていない」

「なら、さっさと宣言しましょう」

オーナーの表情はわからないが、氷川には苦い笑いを浮かべているように思えた。おそらく、清和に焦《じ》れている。

「時期尚早」

「怖がっているだけじゃないんですか？」

「おい」

清和の声に怒気が含まれても、オーナーの追い詰める言葉は終わらなかった。

「……ああ、怖いのは麗しい姐《あね》さんですね。俺としたことが失礼しました。姐さんに泣きつかれて参っているのでしょう」

「いい加減にしろ」

バンッ、と清和が何かを叩《たた》くような音がする。

「肝心の二代目がそんなんだから、宙ぶらりんになったヤクザやマフィアがうるさい。俺や京介《きょうすけ》のところまでやってきます。営業妨害、どうしてくれますか？」

オーナーが溜《た》め息《いき》混じりに零《こぼ》した状況は、桐嶋が語っていた状況と同じではないのだろうか。北欧製のテーブルに積まれたカサブランカの花束やリボン付きの高級果物、幻の名酒が氷川の脳裏を過《よぎ》る。

オーナーのところにも、と氷川の背筋が凍りついた。

「追い返せ」

「うちは客商売ですよ」

「そんなタマか」

清和が吐き捨てるように言うと、オーナーは高らかに笑った。

「そんなタマです」

不器用な若いヤクザと百戦錬磨のプロによる口の勝負は始めから結末が見えている。果たせるかな、清和は強引に言葉合戦の幕を閉じようとした。

「……帰れ」

「麗しの白百合に挨拶《あいさつ》するまで帰れない」

オーナーはとうとう煽《あお》るように二代目姐の名を口にした。

「叩き返されたいのか？」

「この部屋に招き入れてくれたのだから、麗しの白百合にご挨拶《あいさつ》を許されたのだと思いました」

「今までの礼だ」

清和は昔気質《むかしかたぎ》の極道に感化されているから仁義を重んじる。オーナーに受けた多大なる恩も忘れていなかった。

「そうですね。今まで京介ともども眞鍋に尽くしてきました。覚えていてくださって光栄です。生涯、俺も橋高さんへのご恩は忘れない」

「オヤジにも何か言われたのか？」

「橋高さんは何も言いません。可愛《かわい》いボンの意向に従うだけです。俺のために死ね、なんて絶対に橋高さんに言わないでください」

清和と橋高は血は繋《つな》がっていないが、何よりも固い絆《きずな》で結ばれている親子だ。氷川も橋高の清和に対する愛は疑いようがない。

「オヤジに言うわけないだろう」

「眞鍋の昇り龍は頭に血が上ったら何をするかわからない。長江組の逆襲が始まる前にカタをつけてほしい……麗しの白百合、そろそろ出てきてください」

俺と二代目では押し問答が続くだけ、とジュリアスのオーナーの降伏宣言にも似た声が続いた。

気づかれていると思っていたが、やはり盗み聞きしていると知っていたのだ。氷川は冷静という文字を心の中で書きながらリビングルームに足を踏み入れた。

その瞬間、息が止まった。

……否、息が止まるかと思った。

林立した酒瓶の中、オーナーが純白のウェディングドレス姿で、ブリオーニのスーツに身を包んだ清和と向かい合っている。

タキシード姿で白目を剝《む》いているのは、武闘派幹部候補の宇治《うじ》だ。左手の薬指には今までなかったリングがあった。

ウェディングケーキに顔を埋め、ピクリとも動かないのは眞鍋が誇る特攻隊長のショウである。傍らではカリスマホストとして絶大な人気を誇る京介が、これ以上ないというくらい冷たい目でショウの後頭部を見下ろしていた。その手には最高級のスコッチウイスキーのボトルが握られている。

シャワーを浴びている間に何があったのか、氷川には見当もつかない。それでも、ショウが何かやったのだと、なんとなくだがわかる。ショウが京介を怒らせる理由はひとつしかない。

「……あ、あの、京介くん、ごめんなさい。ショウくんは何を食べちゃったのかな？　代わりにここの果物でも持って帰って」

氷川が青い顔でテーブルに積まれた果物を指すと、京介の華やかな美貌《びぼう》に形容しがたい影が走った。

「姐さん、果物で俺の心は癒《い》やされない」

　今の京介は女性に夢を売る王子様の仮面を外していた。背後に背負っているのは華麗な薔薇《ばら》ではなく大砲だ。

「……そ、そっか……スイーツだね。美味しいスイーツでも食べに行こう。僕が奢《おご》るから」

「ショウくんを許してあげてほしい」

「姐さん、俺はこの馬鹿《ばか》に疲れた」

　京介のてんこ盛りに溜《た》まった鬱憤《うっぷん》が部屋の空気を濁らせたが、氷川は傲慢《ごうまん》な患者相手に鍛えた温和な笑顔を浮かべた。

「疲れた時にこそ、スイーツじゃないかな……そのままだとショウくん、窒息してしまうから……」

　ヒクヒクヒクッ、とショウの爪先《つまさき》が動いているからまだ息はあるはずだ。氷川と同じように清和も横目でショウの爪先を確かめていた。それでも助けようとしない。

「こっちの馬鹿にも疲れたし、そっちの馬鹿にも参った」

　そっちの馬鹿、と京介がスコッチウイスキーのボトルで指した先には憮然《ぶぜん》とした面持ちの清和がいた。

　オーナーは呆《あき》れたように肩を竦《すく》めるだけで窘《たしな》めようとはしない。逆効果だと予想しているのだろう。

「……う、うちの子が迷惑をかけたのならごめんなさい」

京介はなんの理由もなく人を罵《ののし》ったりはしない。そういった絶大な信頼がホストという枠に収まりきらない実力の持ち主にはある。

「姐さんの子は馬鹿ばかりですか？」

「ごめんなさい」

「ジュリアスはアイドル系から野郎系まで各種揃っていますが、眞鍋は単純単細胞アメーバ系から地蔵系まで各種馬鹿を取り揃えているんでしょうか」

ホストクラブ業界を牽引《けんいん》するジュリアスにはさまざまなタイプのホストが在籍しているから、好みのうるさい女性でもひとりぐらいは気に入りができるという。眞鍋組にも知能派から武闘派までいろいろなタイプの構成員が揃っている。

馬鹿ばかり、と氷川はかつて命を大切にしない男たちに零した記憶があるが、他人から改めて言われるとなかなか辛《つら》い。

「京介くん、今日の嫌みはきつい」

「姐さん、眞鍋の飛び火による被害を報告させていただく時間はありますか？」

「今日と明日なら時間がある。じっくり聞くから、ショウくんを窒息死させないでほしい」

氷川が頼んでいるそばから、京介はショウがやっとのことで上げた顔を再びウェディングケーキに埋める。ズボッ、と。

辺りに飛び散る生クリームや苺《いちご》をオーナーや清和はさりげなく避《よ》けた。依然として、宇治は床で倒れたままだが微《かす》かに呻《うめ》き声が漏れてきた。結婚はいや、と。

オーナーの花嫁姿と宇治のタキシード姿から、氷川にもある程度は推測できる。特にオーナーの美しい花嫁姿には力が入っていた。

だが、今は構っていられない。

「姐さん、この馬鹿はここで始末しておいたほうが世のためです」

シュッ、と京介はスコッチウイスキーのボトルを振り下ろした。

間一髪、氷川は京介の腕を摑《つか》む。

「……あ、これから朝ご飯を食べに行こう……ブランチかな？　美味しいスイーツがあるお店にしよう……あ、ちょっと前、サンドイッチを買った二十四時間営業の喫茶店には昔ながらのホットケーキとか、パフェとか、あったよ。美味しそうだった」

つい先日、眞鍋組二代目組長の訃報《ふほう》を払拭《ふっしょく》するため、氷川は吾郎《ごろう》や卓《すぐる》とともにシマを歩いた。古参の幹部もお気に入りだという老舗《しにせ》の喫茶店・リヨンにはまた行きたいと思っていたところだ。ぜひ、マスターの淹《い》れるコーヒーを飲んでみたい。

「どうも危ない奴《やつ》らに誤解されているようです。俺は姐さんの舎弟ですが、眞鍋組構成員ではありません」

国内外の闇《やみ》組織は、メディアにも頻繁に取り上げられるカリスマホストを一般人だと思ってはいないようだ。ショウや宇治とともに大型バイクを乗り回していた暴走族時代の武勇伝が、あまりにも華々しすぎるのかもしれない。

「……うん。僕も京介くんがヤクザになるのは反対する」

「姐さんの可愛い馬鹿は裏社会の統一を果たす気ですか？」

クイッ、と京介は傲岸《ごうがん》不遜《ふそん》な目つきで不夜城の覇者に向かって顎《あご》を杓《しゃく》った。清和に対しても凄絶《せいぜつ》な鬱憤が溜まっている。

「……そ、そんなこと……やめてほしい……」

氷川が切実な本心を口にすると、京介は手術室で整えたような綺麗《きれい》な目を腹立たしそうに細めた。

「眞鍋の二代目が裏社会の大ボスに王手をかけたと、浮き足立っているのはヤクザだけではありません。どういうわけか、俺に裏社会の大ボスへの取りなしを頼み込む」

「京介くんにまで？」

オーナーだけではなかったのか。

氷川が困惑で下肢を震わせると、京介は忌々《いまいま》しそうに語った。

「表があれば裏がある。この世はすべて表裏一体。今まで長江組と結託して利益を上げてきた企業が長江組の壊滅とともに衰退するのは目に見えている。政治家や宗教団体、慈善団体なども」

「……政治家に宗教団体に慈善団体？」

「長江組は形を変えてありとあらゆる業界に食い込んでいます。だから、今までどんな暴力団や海外マフィアと抗争しても負けなかった」

東京進出を果たせば裏社会の統一に時間はかからなかったでしょう、と京介はどこかのアナウンサーのように続けた。

「京介くん、詳しいね」

何故《なぜ》、一介のホストがそんなことまで知っているのだろう。やはり、単なるホストとは言いがたい。

氷川が感心したように言うと、京介は皮肉っぽく微笑《ほほえ》んだ。

「ヤクザのスカウトや企業のトップが、聞いてもいないのに喋《しゃべ》りまくる。いい迷惑です。ここ最近、一段と増えました」

接客業のチャンピオンは隣に座っただけで相手の口を開かせるのかもしれない。京介の気を引くため、あれこれ内情を漏らす客もいるだろう。

「……あ、お疲れ様……その、ブランチに行こう。ショウくんに息をさせてあげて」

京介がいる限り、ショウがウェディングケーキから顔を上げられないような気がした。

きっと、タイムリミットは迫っている。

「姐さん、二代目の顔にケーキをお見舞いしなかったことを褒めてください」

ゴジラがその気になれば、不夜城の覇者の顔面もクリーム塗れだっただろう。オーナーが止めたらしく、ふふっ、と楽しそうに軽く笑った。

「うん、うちの子がごめんね」

「二代目、これ以上、俺を利用するのはやめてください」

京介が華麗なる殺気を張《みなぎ》らせると、清和は凜々《りり》しい眉《まゆ》を顰《しか》めた。反論したいようだが、氷川の手前、控えているらしい。

なんにせよ、ここで京介の怒りを爆裂させたら眞鍋の昇り龍も危ない。

氷川は京介の腕を引くと、渋面の清和をおいてリビングルームから出た。そのまま靴を履き、玄関のドアを開ける。

異様な臭《にお》いを感じた瞬間、氷川は声にならない声を上げた。

「……ひっ……いぃーっ？」

玄関ポーチから目の前のエレベーターまで、累々と屍《しかばね》が転がっている。血の海に沈んでいるのは、リキが教育中の頑健な構成員たちに数多《あまた》の死闘を潜《くぐ》り抜《ぬ》けてきた古参の武闘派たちだ。

「眞鍋も落ちたものだ。まだ片づけていない」

京介は生ゴミを見るような目で、地面に突っ伏している眞鍋組構成員を眺めた。嫌悪感を隠そうともしない。

「……え？　……え？　京介くん？」

氷川が裏返った声を出すと、京介の綺麗な目が憤怒《ふんぬ》の色に染まった。

「俺に二代目の代理人を押しつけるのはやめてほしい」

「……せ、清和くんの代理人？」

「二代目が態度を明確にしないから周りが迷惑を被《こうむ》る。男を姐さんに迎えると宣言した時とはあまりにも違いすぎる」

姐さんを迎えた時の二代目の態度は尊敬します、と京介はどこか遠い目で続けた。男の姐など、極道の看板を下ろす原因になりかねなかったが。

「……よくわからないけれど……こ、これは……京介くんだね？」

氷川が地面に横たわっている眞鍋組構成員を見回した時、武闘派として名高い古参が苦しそうに漏らした。

「……ゴジラ」

おそらく、美麗なカリスマホストがゴジラに変身したのだろう。暴力団のスカウト合戦が一向に鎮静化しない最大の理由は腕っぷしの強さだ。

「俺に腕力を行使するのは自殺行為だとプレゼンしました」

京介は夢の国の王子様スマイルを浮かべると、地面に落ちている眞鍋組構成員をものともせずにエレベーターに乗り込んだ。このままひとりで去ってしまいそうな雰囲気だ。

手当てしたいが、そんな余裕はない。転倒しないように気をつけながら氷川もエレベーターに乗る。

エレベーターの壁には血飛沫《ちしぶき》がこびりつき、アルコールの匂いが充満していた。

「エレベーター内の処理もまだです。某ビルならばフロアのゴミ捨て場にゴミを捨てれば五分以内に処理される。眞鍋第三ビルの管理を見直したほうがいい」

「京介くん、大目に見てあげて」

どこかの組織に乗り込まれ、応戦した惨状だとは思えない。京介相手に眞鍋組構成員たちが敗戦した跡だろう。目をこらさないとわからないが、エレベーターの床にはダイイングメッセージのように血で綴《つづ》られている。ゴジラ、と。

「姐さん、俺は本業以外のストレスが大きい」

京介の並々ならぬ実感が込められた言葉に、氷川は真顔でコクリと頷《うなず》いた。

「人生とはそういうものです」

「姐さんが言うと重みがありますが……」

京介が何か言いかけたが、氷川は遮るように口走っていた。

「……うん、僕も本業以外の心配が大きすぎる」

清和くん、清和くんだ、すべては僕の清和くんだ、と氷川はかけがえのない男を瞼《まぶた》に浮かべた。

「姐さんは二代目と愛し合いました。二代目姐業は本業です」

京介に呆れ顔で指摘され、氷川は長い睫毛《まつげ》に縁取られた瞳《ひとみ》を揺らした。

「姐さん業が本業？」

「姐さんとしての自覚を促されているのではないですか？」

京介にその場を見ていたように言われた時、エレベーターは一階に到着した。足早にエレベーターホールを進み、警備員が並んでいる正面玄関に向かう。当然、氷川は京介の腕を摑んだままだ。

「姐さんの自覚について、うんざりするぐらい言われている」

「ショウや宇治たちの愚痴もそれです。姐さんの本業は二代目姐ですから」

京介は歌うように言うと警備員たちには一瞥《いちべつ》もくれず、正面玄関から堂々と出た。夏の到来を感じさせる陽差《ひざ》しが眩《まぶ》しい。

「俺はここで失礼させていただきます」

眞鍋第三ビルから少し離れた時、京介は腕を振《ふ》り解《ほど》こうとしたが、氷川は渾身《こんしん》の力を込めて押《お》し留《とど》めた。

「ブランチを奢らせてほしい」

「姐さんと一緒に出歩けば、それだけで俺に泣きつく奴が増える」

京介は眞鍋第三ビルの近くで氷川と別れたいようだ。渦中の二代目姐の警備も考慮しているのだろう。

「今さらだけど、長江組の元若頭の……京介くんも知っているんだね」

「いやでも気づきます。いったい何人、俺に二代目へのプレゼントを託したと思いますか？」

リゾート地の別荘の権利書やマクラーレンのキーを押しつけられても困る、と京介はゴジラを連想させる表情で続けた。こちらは花束や果物と違ってスケールが大きい。

「清和くんに直《じか》にコンタクトを取らないの？」

氷川が素朴な疑問を投げれば、京介は馬鹿らしそうに答えた。

「二代目に直にコンタクトを取ったのが長江組にバレたら困るのでしょう。どちらが勝つか、見極めている最中らしい」

それだけ長江組と眞鍋組の脅威が大きく、誰もが勝ち馬に乗るのに必死だ。氷川は戦国時代の裏切り合戦を聞いているような気がした。関ヶ原にしても、西軍の大半の大名は徳川方と通じていたと、ものの本では記されている。

「……うわっ……どっちが勝ってもいいように、裏で今から清和くんにプレゼントしておくんだね」

そういえば桐嶋さんもそんなことを言っていた、と氷川は記憶を呼び戻す。誰につくか、それ次第で明暗を分けるのは医師の世界でも同じだ。

「俺に堂々と託すあたり、優勢なのは眞鍋組です」

「いやだ」

「負けたほうは生きていられないでしょう」

京介は歩きだしながらさりげなく言ったが、裏社会の玉座がかかった戦争の敗北は死に繫がる。

「それは絶対に駄目」

「二代目に生き抜いてほしいなら勝たせるしかありません」

京介は明言しないが、清和の裏社会トップ就任を支持しているような気がした。ヤクザは嫌いでも、清和自身を嫌っているわけではない。

「……うん、わかった。……それで、京介くん、逃げないで。ブランチぐらい奢らせてほしい」

京介の足取りが何気なく早くなり、ガラス張りのビルの植え込みで氷川はおいていかれそうになる。

だが、氷川は恥も外聞もなく京介の腕を離さなかった。

「姐さんも俺を利用する気ですか?」

「利用する気はない。ショウくんと仲良くしてあげてね」

京介に見捨てられたらショウはやっていけない。ふたりの仲は強固だと信じているが、いつ見限られてもおかしくないぐらいショウがやらかしている。氷川は口に出して願わずにはいられなかった。

「ヤクザと仲良くしたくありません」

京介が猛反対したにも拘《かかわ》らず、ショウは眞鍋組の金バッジを胸に着けた。京介の極道嫌いは今も昔も変わっていない。

「清和くんが勝って天下統一とかしたら、食品会社の全国チェーン展開をする。どこの暴力団も食品会社だ」

氷川が未来理想図を語ると、京介の足取りは緩やかになった。結界にも似た冷たいものが薄れる。

「……昨夜のうちにその噂《うわさ》は俺も聞きましたが、姐さんが言ったのは本当だったのか……さすがに嘘《うそ》だと思ったけど……」

「誰から何を聞いたのか知らないけれど、うちの子が裏社会のボスになったらどの暴力団もご当地名物を扱う食品会社だ」

「そんな世の中が来たらいいですね」

京介が華やかな美貌で微笑むと、周りの景色が一変する。古い雑居ビルの正面玄関がどこかの社交場の入り口に見えた。

「京介くんもそう思う？」

「はい。俺は瀬戸内のレモンスイーツも愛媛《えひめ》のみかんスイーツも京都の宇治抹茶スイーツも青森のリンゴスイーツも仙台のずんだスイーツも北海道《ほっかいどう》のハスカップスイーツも好きです」

「そうだね。ショウくんと京介くんにスイーツ部門の責任者になってもらう」

「そこまで妄想を爆発させますか」

京介は感心したように一息ついてから振り返り、刺々《とげとげ》しい声音で言い放った。

「どこまでついてくるつもりですか？」

京介の言葉に呼応するように、消費者金融の看板の裏からやけに人相の悪い大男が現れた。

「……さすが、毘沙門天《びしゃもんてん》の元族長は気づいていたのか」

京介はかつて毘沙門天という暴走族で雷名を轟かせた。存命にも拘らず、すでに伝説と化している。

「懐かしい名前で呼ぶなら、用があるのは俺ではなくて姐さんですか？」

「……ああ、眞鍋組の姐さんにご挨拶がしたくて上京しました。岐阜《ぎふ》の志光《しこう》会の若頭補佐を務めております」

志光会の若頭補佐と名乗った男は氷川に深々と腰を折った。

釣られるように、氷川も頭を下げるが、あえて何も口にしない。時が時だけに黙っているほうが賢明だと思った。

その思いは京介に通じたらしく、氷川の代わりに言葉を返した。

「岐阜の志光会っていえば、長江組系の二次団体ですね」

「伝説の族長はそこまで知っているのか……長江組系の二次団体だと知っているなら話が早い。志光会は眞鍋の昇り龍の傘下に入りたいと思っています」

どうしてこんなところで僕に言うの、と氷川は喉《のど》まで出かかったがすんでのところで思い留まる。

京介が艶然《えんぜん》と微笑み、眞鍋第三ビルを手で示した。

「眞鍋第三ビルはあちら。眞鍋組総本部はそちら」

「まず、姐さんにご挨拶したかった。わかっておくんなさい」

「カタギの姐さんに挨拶は無用です。二代目組長も顧問も幹部もいい気はしないと思いますよ。そんな暇があったらさっさと二代目に挨拶したらどうですか」

「……いや、それが自分はこれからすぐ、シマに帰らなくてはいけません。姐さんにお目にかかれて光栄です。どうか二代目によろしくお伝えください」

志光会の若頭補佐は再度、氷川に向かってお辞儀をした。始めからお目当ては二代目組長ではなく二代目姐だと、確かめなくてもわかる態度だ。

「肝心の二代目に会わずに帰るつもりですか」

「姐さんにお会いできました。いずれ、オヤジともども二代目にご挨拶をさせていただきます。盃《さかずき》をいただけるよう精進しますので何卒《なにとぞ》、よろしくお願いします」

志光会の若頭補佐は言うだけ言うと、最後の一礼をしてから立ち去った。仁義の欠片《かけら》も感じられない極道だ。

微妙な嵐《あらし》に遭遇したような気がしないでもない。林立するビルの合間から、宣伝カーによる高額バイト募集のアナウンスが流れてきた。

「……京介くん、今のが例のあれだね？　長江組と眞鍋組、どちらが勝ってもいいように立ち回っている？」

氷川が楚々《そそ》とした美貌を曇らせて聞くと、京介は大きく頷きながら歩きだした。

「そうです。肝心の二代目に挨拶せず、姐さんに挨拶するあたり姑息《こそく》です。ジュリアスに乗り込んできて頼み込む奴よりマシですけどね」

「清和くんに伝えなきゃ駄目なのかな」

氷川が思案顔で唸《うな》ると、京介はシャッターが下ろされているキャバクラやガールズバーを眺めながら言った。

「伝える必要はないでしょう。姐さんの護衛の誰かが伝えるはずです」

眞鍋組が君臨する街で二代目姐に接触したことはすべて筒抜けだ。志光会の若頭補佐もそれを見越して挨拶をしたのだろう。

「それもそうだね」

「姐さん、まだまだああいった姑息な奴らが姐さんめがけて押し寄せてきます。いいのですか？」

京介は横目で閉店中の焼き肉屋やフラワーショップを眺めた。氷川にはわからないが、誰かがタイミングを見計らっているのかもしれない。

「京介くんなら上手《うま》く対処してくれる」

これがショウや宇治だったら目も当てられなかった。清和が京介を諦《あきら》められない気持ちが痛いぐらいわかる。

「姐さん、勘弁してください。俺がやることじゃありませんよ」

「京介くんが適任……あ、ここだよ。このお店にしよう。マスターやスタッフの感じがいいし、ムードもいいんだ」

お目当ての老舗喫茶店・リヨンを見つけ、氷川の声は自然に弾んだ。京介も時代を感じさせる看板を見る京介の目も優しい。

「お気に入りの店です」

氷川が京介の腕を摑んだまま入店すると、マスターが温和な笑みで歓迎してくれた。

「いらっしゃいませ」

「こんにちは。ふたりです。今日はテイクアウトではなくていただいていきます」

氷川が明るい声で告げると、マスターはレトロなインテリアで統一した店内を優しい手つきで指した。

「お好きなテーブルにどうぞ」

「京介くん、窓際がいいかな？」

スタッフにナポリタンをオーダーしている壮年の男性客やコーヒーを飲んでいる中年男性客、スマートフォンを熱心に操っている青年客や中年女性客たちが、眺めのいい窓際のテーブルに陣取っている。

「姐さん、壁際がいいです」

「壁際？」

窓際の端のテーブルが空いていたが、京介は壁際の隅のテーブルに進んだ。隠し撮りや軽いストーカーに悩まされているらしく、できる限り、人目につきたくないらしい。つい最近、担当客と英国紅茶専門店でアフタヌーンティーを楽しんでいた時、見知らぬ女性に動画を勝手に撮影されたという。注意したら逆上され、さんざんだったそうだ。

「京介くん、なんでも好きなのを食べて」

ジャズが流れる店内で、氷川は満面の笑みを浮かべてメニューを開いた。こうやって無事にふたりで向かい合えてほっとする。

「姐さん、俺がドライフルーツ入りのチョコレート羊羹《ようかん》とラズベリーガナッシュの求肥《ぎゅうひ》包みをショウに食べられたのは知っていますか？」

　年季の入ったテーブルも椅子も壁紙もライトも心地よいノスタルジーを誘うが、京介の衝撃の告白で現実に引き戻されたような気がした。

「知らなかった。猫のチョコレートを食べてしまったのは聞いている」

「猫のチョコレートは古い。愛媛産の温州《うんしゅう》みかんの食パンと福岡《ふくおか》産あまおうの食パン、金沢特産の金箔《きんぱく》をトッピングした烏骨鶏《うこっけい》のカステラ、山梨《やまなし》産の桃入りの大福アイス、トスカーナ土産のビスコッティ、ベルギー土産のプラリネ、愛知県西尾産のほうじ茶使用のほうじ茶プリンとマダガスカル産のバニラビーンズ使用のバニラプリン……まだまだありますが、お聞きになりますか？」

　京介は最愛の恋人を失った男のような顔でつらつらと一気に言い放った。店内の冷房が効きすぎのような気がする。

「ごめんなさい。ショウくんに悪気はない。悪気はないんだ」

　氷川は拝むように顔の前で両手を合わせた。

「楽しみにしていたスイーツ、一口も食べられませんでした。何度、半殺しにしても理解しない」

「京介くんはショウくんとつき合いが長いのにまだわからないの？　ショウくんに理解する頭はありません。脳ミソも筋肉で作られているから」

楽しみにしていたスイーツは自分でガードしなさい、と氷川は心の中で力んだ。どんなに楽観的に考えてもショウを教育するのは無理だ。京介が対策するしかない。

「姐さん、お優しいくせにサラリとすごいことを言いましたね」

「……ショウくんだし……さ、どれがいい？　全部、注文していいよ。食べきれなかったらお持ち帰りにしてもらえばいい」

「……前菜がプリン・アラモード、サラダがフルーツサンド、メインがホットケーキ、デザートがチョコレートパフェ、飲み物は本日の特製ブレンド」

京介のスイーツ尽くしのオーダーにマスターは仰天したが、氷川は観音菩薩《ぼさつ》を意識して微笑んだ。

「いっぱい食べてね」

氷川はサラダがついたツナとチーズのホットサンドのセットをオーダーする。マスターはすぐに二人分のサラダとコーヒーを運んできた。京介のオーダーにサラダはつかないが、マスターからのサービスらしい。

「野菜を食べろ、っていうマスターの親心だな」

京介は苦笑を漏らしつつ、特製ドレッシングがかけられたサラダを口に運んだ。マスターの前だと京介が普通の青年に見えるから和《なご》む。

「感じのいいマスターだね」

氷川は本日の特製ブレンドのコーヒーを口にした。なんでも、今日は特別に新作ブレンドがおかわり自由だという。試作品らしいが、酸味や甘味が少なくなかなか苦い。

「俺らホストの間では『お父さん』です。辛い時は、マスターに泣きつくんです」

橘高も誰からも慕われる父親だが、迫力がありすぎて近寄りがたい。マスターのほうがしっくりと理想の父親像に馴染《なじ》む。

「お父さん……あぁ、わかる」

「俺も新人時代、何度もマスターのコーヒーとバターケーキで立ち直りました。娘さんやお孫さんの話も栄養剤でしたね」

壁際の角に置かれた年代物のチェストには、五年前に亡くなった妻や水戸《みと》に嫁いだという娘の家族の写真が飾られていた。フランス人形とともに客を歓迎してくれているような気がする。

「京介くんにもそんな辛い新人時代があったの？」

氷川が訝しげに聞くと、京介は手作りのカスタードプリンを食べてから答えた。

「当然です。二代目の駆けだし時代も悲惨だったそうですよ」

「橘高さんやリキくんがいたのに悲惨だったの？」

未成年の清和が侮られたのは聞いているが、藤堂《とうどう》が真に欲していた橘高という確固たるバックがついていたし、リキという優秀な右腕もいたはずだ。悲惨だという意味が理解できなかった。

「橘高さんやリキさんでは組の経済を立て直せない。特に橘高さんは義理と人情に流されて、損ばかりしていたみたいですから」

今でこそ莫大《ばくだい》な利益を叩きだしているが、当時、眞鍋組の台所は火の車だったという。もともと、清和は稼ぐのが下手な橘高を助けるため、眞鍋組の金看板を背負ったのだ。兜町《かぶとちょう》でも評判のインテリヤクザの代表格である。

「……あ、それはわかる。橘高さんは極めつきの経済音痴だ。リキくんもお金を稼ぐのはそんなに上手くないような……リキくんも若かったよね……」

よくよく考えてみれば、リキは社会人経験がなかったはずだ。大学卒業直後、実家である高徳護国流《たかとくごこく》を真っ二つにさせないために出奔した。本来、剣道の名家の次男坊は極道になるような男ではない。

「今の二代目があるのは誰の力だと思いますか？」

京介はクイズを出すように言うと、ペロリと平らげたプリン・アラモードのガラスの容器を端に寄せた。フルーツや生クリームがたっぷりトッピングされ、ボリュームがあったが、京介にとってはまさしく前菜に過ぎなかったらしい。

見計らっていたらしく、マスターがシロップ漬けのチェリーとパセリを添えたフルーツサンドを運んでくる。

京介はマスターに明るい笑顔で礼を言うと、即座に苺と生クリームを挟んだサンドイッチを咀嚼《そしゃく》した。どうも空腹だったらしい。その気のない女性も本気にさせる王子様とは思えない姿だ。

「……名取《なとり》グループの名取会長の力も大きいと思うけれど……サメくん？」

「はい、サメです。サメだとあちこちの食えない奴が口を揃えて言いますが……」

京介は意味深な目で言いながら、パイナップルや桃が挟まれたサンドイッチを摘まんだ。チェリーは食べたが、パセリは残す気らしい。

パセリも食べろ、とばかりに氷川は京介の前にフルーツサンドの皿を置き直した。添え物に見えるパセリの栄養価は高い。

「京介くん、サメくんは……サメくんが本気を出したらすごかったんだよね？」

「……みたいですね？　どうであれ、これ以上、俺は関わりたくない」

京介は氷川のパセリ攻撃を完全に無視し、マスターから二段重ねの分厚いホットケーキを受け取った。マスターは躊躇《ためら》いもせずにパセリが残った白い皿を引いてしまう。

京介の健康のためにもパセリを食べさせたい。

パセリ、と氷川が慌ててマスターを止めようとした矢先、ジュリアスのオーナーがひょっこりと顔を出した。

「京介、姐さんの舎弟になっておいて無理を言うな」

オーナーは舞台役者のように一礼してから、京介の隣に腰を下ろした。入店した際にオーダーしていたらしく、マスターが本日の特製ブレンドコーヒーを運んでくる。氷川と京介のコーヒーカップには二杯目のコーヒーが注がれた。

「オーナー、それとこれとは話がべつだ」

京介は険しい顔つきで言うと、バターとメープルシロップをたっぷり染み込ませたホットケーキを口に放り込んだ。どんな味がするのか、尋ねなくても甘党の顔を見ればわかる。

「周りはそう見てくれないさ」

オーナーは京介から氷川に視線を流し、熟練の王子様スマイルを浮かべた。本領発揮とばかりに。

「麗しの白百合、ご挨拶が遅れて申し訳ありません。先ほどは失礼しました」

「オーナー、ウェディングドレスはどうしたの？」

オーナーは純白の花嫁姿から洒落《しゃれ》たデザインのスーツに着替えている。いつもと同じフェロモンを漂わせていた。

「宇治坊がバージンロードを歩いてくれないから脱ぎました。つれない男です」

オーナーは前々から宇治を気に入り、ことあるごとに盛り沢山な愛情表現を披露していた。誰も本気にしていないところがポイントだ。

「宇治くんとショウくんは無事だね？」

氷川の眼底には命知らずの精鋭たちの無残な姿がこびりついている。清和は助けようともしなかった。

「虎が回収していましたから無事だと思います。ふたりとも即急にチンピラを卒業しなきゃならないみたいですね」

あのふたりにアニキ役はまだ無理、とオーナーはどこか遠い目で独り言のように続ける。

すなわち、清和の地位が格段に上がることを示唆していた。清和が裏社会のボスになれば、必然的にふたりの格も上がる。

「……リキくん……そういえば、リキくん……リキくんの初恋？　リキくんと正道《まさみち》くんはどうなったの？」

現実逃避か、修行僧の名で初恋スキャンダルを思いだした。警察のキャリアとの一夜についても、色恋のプロに聞きたかったのだ。

「虎の初恋相手は不明ですが、氷姫を抱いたんじゃないでしょうか」

オーナーは人差し指でコーヒーカップを突《つつ》きつつ、独特のイントネーションで答えた。

タイミングがいいのか、悪いのか、BGMのジャズは初めての夜をテーマにした曲だ。

「……そ、そうなの？」

氷川が驚愕《きょうがく》で上体を揺らすと、オーナーはコーヒーを飲み干してから断言した。

「例の夜、虎と氷姫はエッチしたと思います」

「よかった。ふたりは晴れて恋人同士になったんだね？」

氷川はふたりが心身ともに結ばれたと思って胸を躍らせた。リキ以外に興味が持てず、孤独を孤独とも思わない正道が哀れでならなかったのだ。

「姐さん、そこが虎と氷姫の一筋縄でいかないところです。エッチ一回で恋人ムードを出していたら、サメや眞鍋の男たちもあんなに悩まなかったでしょう」

「……え？　どういうこと？」

氷川が理解できずに乗りだすと、オーナーは楽しそうに空のコーヒーカップを軽く上げながら言った。

「エッチしたか、エッチしていないか、判断ができないぐらい変わらないから、サメ軍団は氷姫に直に当たって玉砕したらしい」

「忙しいとかさんざん言っているのに、そんな暇があったんだね」

氷川の耳には文句を捲《まく》し立《た》てる諜報《ちょうほう》部隊のトップのオカマ声が離れない。

マスターが空になったオーナーのコーヒーカップにおかわりを注ぐ。氷川や京介のコーヒーカップにもなみなみと注《つ》ぎ足《た》した。サービス満点だ。

「罰ゲームがかかっているから、結果を明白にしたかったのでしょう。可愛い奴らです」

オーナーはマスターに視線で感謝をしながら軽く言ったが、氷川は初めて耳にする罰ゲームに瞬きを繰り返した。

「……罰ゲーム？　どんな罰ゲーム？」

「姐さん、やはり魔女とサメの賭《か》けを知りませんね？」

オーナーに確かめるように聞かれ、氷川は肯定するように大きく頷いた。

「祐《たすく》くんとサメくんがどんな賭けをしたの？」

「虎と氷姫がエッチするか、エッチしないか、賭けの対象はふたりの関係です。俺が立会人になりました」

よりによってどうしてそんな賭けをする、と氷川は驚愕したが口には出さない。魔女とサメならばどんな賭けでもありえる。

「それでどちらがどちらに賭けたの？」

氷川は食い入るように聞いてから、ホットサンドを咀嚼した。北海道の牧場直送のチーズと自家製ツナを使っているらしいが、余分な味がせず、シンプルで美味しい。

「メイクラブに魔女、ノーメイクラブにサメ」

「祐くんがそっちに賭けるなんて意外だ」

「感心するところがそこですか」

オーナーが感嘆の意を漏らすと、京介は綺麗に平らげたホットケーキの皿をテーブルの端に重ねた。白馬に乗った王子様はいっさい会話に入る気がないようだ。

間を置かず、マスターはガラスの器に芸術品のように盛ったチョコレートパフェを運んでくる。店内は男性客が多いこともあり、絶世の美青年のスイーツフルコースに注目していなかった。

チョコレートソースやナッツがふんだんにあしらわれたビスキュイ入りのパフェを前にして、京介の華やかな美貌は光り輝き、背後に大輪の薔薇を咲かせる。

「……ん、それで罰ゲームの内容は？」

眞鍋で一番汚いシナリオを書く策士と摑《つか》み所《どころ》のない忍者の罰ゲームなど、氷川には想像することさえできなかった。不味《まず》い青汁の一気飲みなんていう罰ゲームでないことは間違いない。

「姐さんに知らせていないとはフェアじゃない。けれど、俺の口から聞くより当事者たちに聞いたほうがよろしい」

オーナーは手にしたコーヒーカップを気障《きざ》に揺らしながら哀愁を漂わせて言った。一昔前の銀幕のスターを意識しているのかもしれない。

「もったいぶらずに教えて」

「……あ、姐さん……徹夜明けのせいか眠い……」

オーナーは形のいい眉を顰め、コーヒーカップをテーブルに置いた。隣の京介もパフェスプーンを手放している。

「……誤魔化さないで……え？　……僕も？」

凶悪な睡魔を感じ、氷川も椅子に座っていられなくなる。ズルズルとずり落ちそうになるが、必死になって体勢をキープした。

それでも、眠い。

「……姐さん、夢の国への招待です」

オーナーの掠《かす》れた声の後、京介の独り言に似たセリフが漏れた。

「……しまった……」

薄れる意識の中、マスターが泣きながら詫《わ》びていた。

「……す、すみません。申し訳ありません……娘と孫が……お詫びはあの世で改めてさせていただきます……娘と孫はわしの命より大切なんです……」

マスターの謝罪を叱責《しっせき》したのは、ピンクのスイートピーが飾られた窓際のテーブルでコーヒーを飲んでいた青年客だ。

「マスター、いらんことを言わんでもええねん。ちゃっちゃとオカマを運ばんかっ」

「……まぁ、マスター、ようやってくれたわ。毘沙門天の元族長が一緒やったからどうなるかと思うたけど、これで娘と孫は許したるで。明日にも帰したるからな」

窓際のテーブルでナポリタンを食べていた壮年の男性客がマスターの肩を叩くと、中央のテーブルで新聞を眺めていた初老の男性客は宥《なだ》めるように続けた。

「マスター、娘と孫に会うまでいい子でおるんやで。俺らもマスターを泣かせとうないからな」

店内にいた客たち全員に、驚いた様子はない。何事もなかったように窓際でコーヒーを飲み続ける客やスマートフォンを操作する客ばかりだ。

「……マスター？」

……これはいったいどういうこと？

コーヒーや食事に何か混入されていたのかな？

店中がグルだったのかな？

関西弁を喋っているお客さんは長江組関係者？

マスターは悪くないはず。

娘さんとお孫さん？

僕を拉致《らち》する気か、と氷川はとうとう座っていられずに椅子から滑り落ちた。ぬくもりを感じた木の床がやけに冷たく感じる。

マスターの靴のほかに真っ黒な革靴の主がぞろぞろ近寄ってきた。どの革靴の先も尖《とが》っている。

「男だとわかっていても綺麗な姐さんやな」

「そりゃ、あの眞鍋のガキがベタ惚《ぼ》れっちゅう姐さんやんか。滅多に出回らない極上品や」

京介は最後の力を振り絞り、椅子から転がるように下りた。そうして、氷川の身体《からだ》を守るように抱き締めた。

「……油断した」

京介の悔恨の一言にすべてが込められているような気がした。無念さというより、マスターに対する哀愁がひしひしと伝わってくる。

もう視界は真っ白だし、耳もよく聞こえない。

けれど、京介の身体に縋《すが》りつくように手足を絡めた。

ひとりで拉致されるより、京介と一緒に拉致されたほうがいい。おそらく、京介もそのつもりで氷川の身体に抱きついたのだ。

……マスターは悪くない。

マスターを利用するなんて許せない、と氷川は渾身の力を込め、薄い筋肉に覆われたゴジラに抱きついた。清和とだいぶ体格は違うが、頼りになることは間違いない。

「……ちっ、毘沙門天の元族長と姐さんが離れへん。ふたりはできとんのか？」

誰かと誰かが氷川と京介の身体を物凄《ものすご》い勢いで引っ張っている。男の不気味な唸り声が響いた。

「さっさと引《ひ》き剝《は》がさんか。眞鍋のシマでモタついてたら危険やで。極秘部隊の足止めにも限度があるんや」

誰かが慌てたように言うと、氷川と京介の身体を摑んでいた男たちの手が緩んだ。

「しゃあない、元族長ごと姐さんを運ぶんや」

「姐さんはGPS付きの携帯を持っとうはずや。宅配屋のトラックに運ばせなあかん」

「姐さんの靴も脱がせたほうがええわ。たぶん、靴にもなんかしとうわ」

「ジュリアスのオーナーはどうする？」

「眞鍋相手の交渉道具になるで。銚子《ちょうし》の権藤《ごんどう》のほうに連れていったらええわ」

「オーナーなら橘高相手に揺さぶればええな。化石のオヤジならチョロいで」

関西弁を喋る男たちは氷川と京介を分離させることを諦め、そのまま運ぶ。……運ぼうとしているようだ。

氷川の意識はそこで途切れた。

5

不思議だが、自分が荷物のように扱われていることが漠然とわかっていた。不安と苛立《いらだ》ちは大きいが、優しいぬくもりに包まれている。

「姐《あね》さん、大丈夫ですから安心してください」

幾度となく、京介《きょうすけ》の小さな声が聞こえたような気がした。微《かす》かに漂う京介のコロンにも安堵《あんど》する。

誰かと誰かが話し合っていた。

「あんな、平松《ひらまつ》さん……ちゃうわ。サメ、しらばっくれても無駄やで。ネタは上がっとう。サメらしく名古屋できしめんの食い歩きでもしたらどうや。ジブン、好きやろ」

どこかで聞いたような声だ。

サメと呼ばれた男は長江《ながえ》組元若頭の声で答えた。

「けったいな挨拶《あいさつ》はいらん。なんの用や？」

「東京から極上品が流れてきたんや。マカオの市場に出そうと思うたら、眞鍋《まなべ》の姐さんやったわ。サメに売ってやろうかと思うてな」

ツンツンッ、と何かで突《つつ》かれた感覚で氷川《ひかわ》は覚醒《かくせい》した。意識を失う前のことも即座に思いだす。目は閉じたまま、密着している京介を頼りに寝たふりをした。関西弁の会話に耳を傾ける。

「田口《たぐち》、長江組の幹部が眞鍋組の二代目姐を拉致《らち》したらあかんやろ。大事になる前に返したらどうや」

田口、という名の長江組の幹部に氷川は覚えがある。藤堂《とうどう》が藤堂組初代組長だった時、眞鍋組との最後の戦いで長江組傘下に入った。藤堂組総本部に乗り込んできた長江組幹部が田口だ。桐嶋《きりしま》とも顔馴染《かおなじ》みだったが、容赦なく銃弾を撃ち込んだ。長江組の大原《おおはら》組長の負い目を知っているから、桐嶋を始末したかったのだろう。

結果、土壇場で藤堂は己より桐嶋を選んだ。

……あの時の長江組の幹部、と氷川は瞼《まぶた》の裏に太い金のチェーンネックレスをつけた極道を浮かべた。

長江組という代紋にプライドを持っている極道だったことは間違いない。今回の拉致の首謀者なのか。

「サメ、こないに金になる極上品は滅多に流れてこうへん。金持ちのホモオヤジ連中にレンタルしたら一財産できるわ。そう思わへんか？」

田口がサメと呼んだ男は、氷川が知るサメとは違う声で答えた。

「……おい、一徹《いってつ》長江会は眞鍋と女で揉《も》めとう暇はないんや。それを持ってちゃっちゃと帰りや」

……あ、サメくんだ。

サメくんが変装した長江組の元若頭の平松さんだ。

田口さんは僕を拉致してサメくんのところに運んだんだ、と氷川は田口の目的に気づいた。眞鍋組と交渉しないあたり、今回の抗争をよく理解しているのかもしれない。

「帰ってええんか？」

「せやから、ちゃっちゃと帰ってぇな。ジブンも立場があるんやから俺に会いに来たらあかんやろ」

「サメ、せやからバレとんのや。ここで姐さんを受け取らへんかったら姐さんはホモオヤジ軍団の餌食《えじき》や。二代目はブチ切れるだけですまへんな。どないするんや？」

田口が舌打ちをすると、サメが扮《ふん》した平松は馬鹿《ばか》らしそうに腕を組み直した。

「二代目がブチ切れても長江とお前が狙《ねら》われるだけや。俺にはなんの関係もあらへん」

「サメ、お前にとっても大切な姐さんやろ。外人部隊のニンジャが初めて心を許した日本人形やんか」

「あんな、名古屋は東京に近いんやで。今にも眞鍋の鉄砲玉が飛び込んできそうや。姐さんだけでのうて毘沙門天《びしゃもんてん》の元族長まで拉致るなんてどこのアホや」

平松ことサメは眞鍋組二代目姐を守るようにしがみついている京介に困惑していた。

うっ、と田口の舎弟たちが唸《うな》ったようだ。この場に乗り込むまでに京介と引き離せると踏んでいたのだろう。

「サメ、せやからな。平松さんのリサーチ不足や。確かに、顔も声も仕草も平松さんそっくりやけどな。平松さんは長江きっての武闘派やったんや。本物の平松さんやったら、今の時点で俺をドスで滅多《めった》刺《ざ》ししとう」

甘いわ、と田口は短絡的という形容がついて回った元若頭について語った。氷川も元若頭に対するそういった評価は聞いている。

「昔みたいな戦争はできへん、ってな。耳にタコができるぐらい言われたんや。これ以上、死体を転がしたら抗争指定暴力団のハンコ押されんで」

「サメ、姐さんがどうなってもええんやな？」

グッ、と氷川は田口の革靴で後頭部を乱暴に踏まれた。サメに対する脅迫以外の何物でもない。

ここで僕が動揺したら終わり、と氷川は後頭部に感じる革靴をやり過ごす。京介に暴力が振るわれなければいい。

「何度でも言うたる。その姐さんに何をしても俺は痛くも痒《かゆ》くもないわ。ちゃっちゃと帰ってえな」

平松ことサメの声音に動揺は微塵《みじん》もなく、眞鍋組との関係を全否定している。氷川もサメから注がれる冷徹な視線を切々と感じた。

「サメが昨日から名古屋におんのはあれやろ？　長江組系中部岡崎《おかざき》連合会を取り込みたいんやろ？」

長江組系中部岡崎連合会といえば、桐嶋が清和《せいわ》に取りなしていた暴力団だ。長江組から離反はしないが、裏では眞鍋組に通じたいという。戦況次第でどちらにもつくつもりだと説明されなくてもわかる。生き残ることこそが正義の暴力団だ。

「これから帰るとこや」

「昨日の晩、長江組系中部岡崎連合会の会長が桐嶋組長を介して眞鍋の二代目に挨拶したらしいな。サメが直《じか》に名古屋に乗り込んだ甲斐《かい》があったやんか」

さすがというか、当然というか、長江組はきちんと長江組系中部岡崎連合会の不穏な動きを把握していた。長江組系中部岡崎連合会が離反すれば、中部地方でもドミノ倒しの如《ごと》き二次団体の離反が起こるからだろう。

「そうか。初耳だ」

サメは平松の声で惚《とぼ》けたが、田口は氷川の後頭部を踏みつけた体勢で言った。

「残念やけど、ついさっき会長は心不全で亡くなったで」

長江組が裏切ろうとしている二次団体のトップを始末した。暴対法を適用されないために、心不全として処理したのだ。説明されなくても長江組の血の粛清だとわかる。

これが長江組、と氷川は背筋を凍らせたが声は出さない。京介も聞いているだろうが、依然として意識を失ったふりをしている。

「死体を増やしたらあかんてわかっとうくせに始末したんやな」

サメが平松の顔で呆《あき》れたように言うと、田口はかーっ、とこれみよがしに憤った。

「長江組系中部岡崎連合会の会長が眞鍋組系中部岡崎連合会の会長になりよるのを指くわえて見過ごすわけないやろ。長江をそんじょそこらのヤクザと一緒にすな」

「言いたいことはそれで終わりやな？　俺はもう行くで」

一徹長江会の会長ことサメは強引に話を終わらせると歩きだした。背後に控えていた頑強な舎弟たちにしてもそうだ。

「……姐さん、起きとうな。こいつは平松に化けたサメやな？　ここでサメに助けてもらわな、姐さんはホモオヤジに売られんで」

グイグイグイッ、と靴ではなく手で揺さぶられ、氷川は全精力で感情を抑えて目を開けた。

真っ先に視界に飛び込んできたのは長江組の幹部だ。あの時と同じように、シャツの上部のボタンを留めずに胸を大きく開き、太い金のチェーンネックレスをつけている。ただ、人相は著しく悪くなっていた。今の長江組の混沌《こんとん》を表しているかのように、目の下のクマはひどく、頰《ほお》がげっそりとこけている。

周りにいる舎弟たちの顔色も検査入院させたいぐらい悪い。それぞれ、ズボンや薄手の上着のポケットに手を突っ込み、いつでも凶器を取りだせる準備をしていた。

ピンッ、と張り詰めた緊張感が冷たい。

「……以前、お会いしましたね。長江組の田口さん？」

氷川は京介の身体《からだ》から手を離さず、ゆっくりと上体を起こした。サメが変装した平松に視線を合わせないように注意する。

「……おお、俺を覚えとうな。あん時は藤堂の裏切りに参ったわ。まさか、元紀《もとき》が桐嶋組の看板を掲げるとは思わへんかったで。眞鍋とこないに仲良うするとも思ってへんかったわ」

すべては姐さんのせいやな、と優しいようでいて凄《すご》みのある声で続けられた。勤務先に乗り込んできた若い長江組構成員とは迫力がまるで違う。

「……ここはどこですか？」

氷川が霞《かす》む目でぐるりと見回すと、田口はあっさりと答えた。

「名古屋や」

「どうして、名古屋に？」

どこかの暴力団事務所の一室なのだろうか。天井の高い広々とした部屋には神棚があり、武神が祀《まつ》られているようだ。『仁義』という毛筆書や日本刀が飾られ、二羽《わ》の鷹《たか》の剝《はく》製《せい》が異様な雰囲気を演出している。

開け放たれたドアの向こう側は、天井も壁も床も黒で統一された部屋だ。眼光の鋭い兵隊たちが十数人、無言で控えているが、尋常ではない迫力だった。ここがサメのテリトリーならば、サメの部下なのか、宋《そう》一族のメンバーなのか、平松だと思い込んでいる元長江組構成員たちなのか。誰が敵で誰が味方か、氷川は判断できない。

「そんなん、サメ直々に名古屋の長江組系二次団体の離反工作に励んどうからや。姐さんは賢いから、ここでサメに縋《すが》らな二度と眞鍋の二代目に会われへんってわかっとうな」

見ろ、と田口に鬼のような形相で促され、氷川は渋々サメが変装した平松に目を留めた。

サメとはまったくタイプの違う無骨そうな武闘派ヤクザだ。骨格も雰囲気も異なるが、氷川には老若男女に化けられるサメだとわかる。

「……その人はサメくんではありません」

氷川が京介を抱いた姿勢で言い切ると、田口の顔つきは人ならざる魔物と化した。背後の舎弟たちは今にも凶器を取りだしそうな勢いだ。

「姐さん、惚けても無駄やで」

田口に調べるように覗《のぞ》き込《こ》まれたが、氷川は平然と言い返した。

「一般人の僕と京介くんを拉致することが長江組のやり口ですか？　長江組の名も地に落

ちましたね」

「姐さん、ジブンの立場がわかっとうのか？」

田口に呆《あき》れ顔《がお》で言われたが、氷川は毅然《きぜん》とした態度で対峙《たいじ》した。

「今すぐ僕と京介くんを解放してください」

「サメ次第や。サメ次第で助けたる」

「ですから、その人はサメくんではありません」

「強がるのもそこらへんにしとき。眞鍋と宋一族が手を組んで、平松さんをやったんはわかっとう。今までこんな戦法を取ったヤクザはおらんで。ヤクザの風上にも置けん」

証拠ならあるんやで、と田口は下卑《げび》た笑みを浮かべながら続けた。

どんな証拠を摑《つか》んでいるのか不明だが、ここで動じたら元も子もない。氷川は真剣な顔で流した。

「言いがかりです。それより問題があるのは一般人を拉致する長江組です」

「あんな、姐さん、ナメんのもいい加減にしいや。長江がそないにアホなヤクザやと思っとうのか？」

「一般人を巻き込むのだからアホなヤクザでしょう」

僕も京介くんも一般人だ、と氷川は今さらながらに思い切り力んだ。マスターの凄絶《せいぜつ》な苦悩も感じたから怒りが大きい。

平松ことサメは他人事《ひとごと》のように、田口と氷川のやりとりを無視している。耳を傾けている気配もない。

「ホモオヤジに輪姦《りんかん》させたくなったわ……って、サメ、姐さんをほうってどこに行くんや？」

田口は氷川からサメに視線を流して慌てる。折しも、平松ことサメは舎弟たちを従えて部屋から退出しようとしていた。

「そのオカマをどないしようとお前の勝手や。俺にはなんの関係もないわ」

サメは眞鍋組二代目姐には一瞥《いちべつ》もくれず、舎弟たちが開けたドアに悠々と進む。氷川に対する情はいっさい感じられない。

「……おい、姐さんがどないなってもええんか？」

田口は脅迫するかのように、氷川の顎《あご》を強引に摑んだ。傍らにいた舎弟が氷川の細い首筋に短刀を突きつける。

ツッ、とほんの少し掠《かす》ったが、それだけで血が流れた。

よく斬れる短刀、と氷川は腹を括《くく》った。少しでも動揺したら京介が抵抗するだろう。いくらゴジラでも相手が多すぎる。

「好きにしたらええ」

サメは心底から馬鹿らしそうに言い放った。もう相手にするのも億劫《おっくう》だという感情を撒《ま》

き散《ち》らす。

「……サメの後ろに控えとうのはサメの部下か？　宋一族の野郎たちなんか？　ダイアナは一徹長江会総本部に詰めとうな？　金山と大橋、どっちに化けとう？」

「田口、ここをどこやと思っとう？　大原のオヤジへの仁義で迎え入れたが、限度を超えとうで。摘まみ出されんうちに帰りや」

「……おうっ、待たんかっ」

田口が荒い語気で止めても、サメは一顧だにせずに立ち去った。付き従っていた舎弟たちも消える。

すかさず、奥の部屋に控えていた頑強な兵隊たちが乗り込んできた。一際凄みのある大男が田口の前に立つ。

「田口さん、自分は一徹長江会名古屋支部の責任者を務めさせていただいておりやす。長居したら田口さんの立場も悪くなるんちゃいますか？」

「……なんやて？」

「田口さんが一徹長江会の会員になった……」

名古屋支部の責任者の言葉を遮るように、田口は醜悪な形相で言い放った。

「言葉に気ぃつけぇや。俺が大原のオヤジに盃《さかずき》を返すわけないやろ。ナメたらあかんで」

「田口さんにその気がなくても、一徹長江会の事務所におるだけで誤解する奴《やつ》は多いんちゃいますか」

　確かに、何も知らない者が見れば、田口が裏切りを計画しているように誤解するかもしれない。たとえ、どんなに大原組長と田口が固い絆《きずな》で結ばれていても、尾鰭《おひれ》がついた噂《うわさ》に周囲の足並みは乱れる。

「……ジブン、そんな噂を流す気なんやな？　それがサメの情報戦やな？」

　田口は今になって名古屋支部に迎え入れられた理由に気づいたらしい。

「滅相もない。サメなんて奴に仕えているつもりはありません。ただ、いきなり乗り込まれて参っとうだけですわ。眞鍋のオカマを連れて帰ってください」

「眞鍋のオカマをホモオヤジに売り飛ばしてええんやな？」

「お好きになさったらええですわ」

「……ほな、帰るわ」

　田口が自分の舎弟たちに顎を杓《しゃく》り、プロレスラーのような大男が氷川と京介を摑もうとした。

　その時、凄《すさ》まじい爆音とともに大型バイクが突っ込んできた。

　ガシャーン、ガラガラガラガラガッシャーン。

　木っ端微塵《こばみじん》の窓ガラスや壁の破片が物凄《ものすご》い勢いで飛び散るが、京介が盾になるように氷川の身体を抱え込む。

「……な、なんや？」

「殴り込みやーっ」

「……う、嘘《うそ》やろ、毘沙門天の特攻やーっ」

瞬時に田口や舎弟たちは臨戦態制を取った。その場にあったソファやテーブル、キャビネットでバリケードを作り、サイレンサー付きの拳銃《けんじゅう》を構える。怯《おび》えている兵隊はひとりもいない。

白い煙が立ちこめる中、特攻服に身を包んだショウが雄叫《おたけ》びを上げた。

「この野郎、よくも姐さんにーっ」

ショウは大型バイクで拳銃を構えた田口の舎弟たちに真正面から突進した。発砲されてもいっさい怯《ひる》まない。命知らずの特攻隊長そのものだ。

「西の男ども、麗しの白百合《しらゆり》に手を出したら許さねぇぜーっ」

ショウに続き、大型バイクで乗り込んできたのはホストクラブ・ダイヤドリームの代表である太夢《たいむ》だ。ショウや京介と同じ暴走族時代に身につけていた特攻服姿である。毘沙門天の旗も靡《なび》いていた。

「……え？　暴走族……じゃなくて、ダイヤドリームの太夢くん？　……えぇーっ？」

氷川が驚愕《きょうがく》で声を出すと、京介はサラリと言った。

「姐さん、太夢は元暴走族です」

京介は苦渋に満ちた顔で氷川の首筋を確認し、ハンカチでそっと押さえた。氷川自身は何も気にしていなかったが。

「……そ、それは知っているけれど……」

「太夢はショウにつき合える馬鹿です。心配はありません」

今の太夢にホストのムードは微塵もなかった。まさしく、最強と恐れられた毘沙門天のメンバーさながらだ。

「そことそこに手を出しちゃ駄目だよ〜っ。麗しの白百合、ど〜も。借りを返しに来たからね〜っ。受け取ってね〜っ」

氷川の度肝を抜いたのは特攻服姿の太夢だけではない。いろいろとあった大江吉平《おおえきっぺい》も毘沙門天時代の特攻服姿で大型バイクを乗り回している。

「……え？　あの吉平くん？　子供たちをおいてどうしてこんなところにいるの？」

氷川が素《す》っ頓狂《とんきょう》な声を上げると、京介は飛んできたガラスの破片を避けながら答えた。

「ショウが招集をかけたんでしょう」

「ショウくんが昔の暴走族仲間に招集をかけたの？」

「太夢も吉平も姐さんに恩を感じていますから」

姐さんに何かあればすっ飛んできますよ、と京介はどこか誇らしそうに続けた。クールに見えるが、元暴走族仲間に対する信頼は意外にもあるらしい。

「……え？　……危ないのに……」

「一徹長江会の名古屋支部に眞鍋組が乗り込むのは控えたほうがいい。イワシやハマチたちも毘沙門天の特攻服を着ているから、魔女のシナリオじゃないですか」

京介が控えめな声で指摘した通り、毘沙門天の特攻服を身につけた諜報《ちょうほう》部隊のメンバーがいた。田口や舎弟たちを的確に狙っている。

肝心の一徹長江会名古屋支部の兵隊は奥のほうに消えてしまった。眞鍋組の特攻に対峙する気も田口たちに加勢する気もないようだ。

もっとも、長江組の幹部にも抜かりはない。どこかで待機していたらしく、田口の連絡により戦闘部隊が乗り込んでくる。こちらは田口の舎弟とは比べようのない精鋭たちだ。

激烈な戦闘の火蓋《ひぶた》が切って落とされた。

京介は氷川に火の粉がかからないように移動する。

「……え？　祐《たすく》くんのシナリオ？」

「眞鍋の奇襲ではなく半グレ集団の奇襲を演じているのでしょう」

落ち着いて奇襲メンバーを見れば、眞鍋組構成員はショウだけだ。イワシやハマチ、メヒカリなど、若手の諜報部隊のメンバーが特攻服姿で暴れている。すなわち、眞鍋組として公にしたくない戦いだ。

「いてまえ、いてまえ、いてまえーっ」

「長江の漢《おとこ》を見せたれーっ」

「鉄砲玉を生け捕りにするんやーっ」

プシューッ、プシューッ、プシューッ、という不気味な発射音に飛び交う関西弁。

「ショウ、殺すなーっ」

「ショウ、田口は殺しちゃヤバイーっ」

「ショウ、気持ちはわかる。気持ちはわかるけど、ひとりも殺すなーっ」

エンジン音や破壊音に混じり、特攻隊長の猛攻を諌《いさ》める絶叫が響き渡った。氷川の背筋を凍らせるセリフだ。

「……ショ、ショウくん……」

「姐さん、避難しましょう」

「……え？」

氷川が目を丸くすると、京介は眞鍋随一の策士によるミッションを口にした。

「ショウたちは半グレ集団として退却するはずです。俺たちはこの騒動に紛れて脱出する……魔女ならそんなシナリオを書いている」

「……わ、わかった」

氷川は自力で歩こうとしたが、靴を脱がされている。靴下でガラスや鉄骨の破片だらけの床を進むのは躊躇《ためら》われたが仕方がない。

けれど、傍らには氷川を全力で守ろうとしている京介がいた。イワシやハマチも氷川のそばに駆け寄る。

「姐さん、失礼します」

氷川は京介に抱き上げられ、怒号が飛び交う激戦地を通り抜ける。イワシやハマチがありとあらゆる攻撃から氷川を守った。

「……こ、この瓦礫《がれき》の山……ショウくんたちが破壊したんだね？」

京介はサメが立ち去ったドアではなく、ショウたちが大型バイクで作った血塗《ちまみ》れの道から出た。映画の広告シーンで観《み》た戦車隊が通り過ぎた惨状に近い。

「姐さん、ショウのスタンダードです」

ショウの特攻はいつも大型バイクで敵の真ん中に突っ込む。今も昔もまったく変わらない戦闘パターンだ。

「……あ、怪我人《けがにん》……救急車を呼んでほしい」

「姐さん、どこまで優しいんですか。救急車は無用です」

いくつもの破壊された警備システムを乗り越え、陥没した塀を過ぎればグレーのワゴン車が何台も並んでいる。

「京介、こっちだ」

グレーのワゴン車の運転席から顔を出したのは、毘沙門天時代の特攻服に袖《そで》を通した宇《う》治《じ》だった。若い諜報部隊のメンバーも特攻服だ。周囲にも大型バイクが並び、勇名を轟《とどろ》かせるように毘沙門天の旗が靡いている。

「宇治、遅いぜ」

京介は氷川を抱いたままグレーのワゴン車に飛び込んだ。新しいタオルや毛布や着替えや救急箱などが、広い座席には揃《そろ》えられている。

助手席には若い諜報部隊のメンバーが座り、スマートフォンで誰かに連絡を入れていた。

「すまん。すぐに出す」

宇治は早口で言うや否や、アクセルを踏んだ。

前方にも後方にもグレーのワゴン車が護衛するように並んで走る。さすがに、毘沙門天の旗はついてこない。

瞬く間に、氷川を乗せたワゴン車は戦場と化した一徹長江会名古屋支部を後にした。名古屋といっても中心部ではなく、比較的長閑《のどか》な場所にある一軒家だ。周りには豊かな緑が生い茂り、人が住んでいるとは思えない古い民家があるだけだった。

「姐さん、大丈夫ですか?」

京介は悲痛な面持ちで、短刀が掠った氷川の首筋を消毒した。ベテラン看護師のような手つきで傷薬を塗る。

「これくらいなら大丈夫。傷は残りません」

氷川は鏡で確認したが、どうってことはない。暴れる患者を取り押さえた時に負った傷のほうがひどかった。

「ドクターに素人が言うことではありませんが、すぐに専門医に診《み》てもらってください」

「これぐらいで診察を受けたら怒られます。大丈夫だよ」

「ドクターの判断にお任せしますが、自分の身体を一番大事にしてください」

「ありがとう。京介くんも自分を一番大切にしてね」

京介が命がけで庇《かば》ってくれていたことは痛いぐらいわかっている。事実、大切な商売道具の顔や手に無数の傷ができていた。女性に夢を売るプロ中のプロは、傷が治るまで自主休業するだろう。

「不思議です。姐さんを守るためなら自分はどうなってもいいような気がする。眞鍋の馬鹿の気持ちがわかるなんて俺も馬鹿みたいです」

京介はどこか照れくさそうに明かした。眞鍋組の日本人形は内に秘めた熱い血潮を呼んでしまう存在らしい。

「京介くんまで馬鹿になっちゃ駄目だ」

「姐さんのお言葉、心に刻んでおきます」

姐さん用の靴がありました、と京介は新品の靴を氷川に差しだした。車内でもシンデレラに接する王子様のようだ。

「……京介くん……ショウくんたちは？」

氷川は靴を履きながら、命を大切にしない特攻隊員たちについて尋ねる。退却する気配がまったくなかったから気が気でない。

「ショウたちの心配は無用です」

「……けど……太夢くんや吉平くんたちまで……ふたりとも子供がいるのに……」

太夢や吉平にはそれぞれ小さな子供がふたりいた。暴走族上がりのパパは感動するくらい子供たちを溺愛《できあい》している。氷川は子供たちのためにも太夢や吉平には危険なことをさせたくない。

だが、京介は暴走族仲間たちについて話し合おうとはしなかった。

「姐さん、改めて謝罪します。そんなことより申し訳ありませんでした」

京介に悲痛な面持ちで謝罪され、氷川は面食らってしまう。

「……何が？　京介くんに謝られることはひとつもない。こっちこそ、巻き込んだみたいでごめんね。僕を守るために抱きついてくれたんでしょう」

田口のターゲットは自分だったとわかっている。時期が時期だけに、強引にブランチに誘って悪かった。そんな後悔が込み上げてくる。

「……いえ、田口とかいうオヤジが姐さんの頭を……」

京介の言葉を遮るように、氷川はぴしゃりと言った。

「京介くん、そんなことはいい。どうってことはないんだ。京介くんがタイミングを見計らっていたのはわかっていた」

京介ひとりならば、上手《うま》く脱出していただろう。氷川の安全を第一に考慮していたことは明らかだ。

「もっと早く助けがくると思っていました。これじゃ、なんのためにショウの番号を押したのかわからない」

「……え？　京介くんはショウくんに連絡を入れていたの？　いつ？」

氷川が知らなかった事実に目を瞠《みは》ると、京介は凄絶な睡魔に襲われた喫茶店での出来事を明かした。

「喫茶店で倒れる前、ショウのスマホの番号を押して、そのままにしていました。いくらあいつが能なし生物でも、何かあったとわかるはずです」

京介はスマートフォンの短縮番号を押したが、ショウと通話することはできなかった。それでも、ショウには危機だと通じると踏んでいたらしい。

「あの時、京介くんはそんな離れ業を？」

「……いいえ、気づかずに申し訳ありませんでした。いつもと少し店のムードが違うと思っていたのですが、油断しきっていました。すみません」

おかしいと思った、と京介は悲しそうに独り言を漏らした。お気に入りの店だけに安心していたのだろう。

「そんなの、京介くんは悪くない。コーヒーに睡眠薬でも入っていたのかな……あ、オーナーは大丈夫だよね？」

氷川が一緒に倒れたホストクラブ・ジュリアスのオーナーを案じると、京介はハンドルを操作している宇治に尋ねた。

「宇治、オーナーは救出したな？」

「……あぁ、オーナーは倒れる前に魔女の番号を押していた。すぐに魔女が手を打った」

宇治がハンドルを左に切りながら答えると、京介はいつもとトーンの違う声で確かめるように尋ねた。

「マスターの娘さんやお孫さんも助けたな？」

当然かもしれないが、京介もマスターを信じていた。脅迫の原因も察していたようだ。

氷川は緊張気味に宇治の返答を待つ。

「魔女の指示で橘高《きったか》のオヤジや安部《あべ》のおやっさんが動いた。マスターも娘さんもお孫さんも無事に保護した」

魔女と恐れられている端麗な策士は血も涙もない鬼畜ではない。マスターと古いつき合いである重鎮コンビを駆使し、迅速に解決していた。

よかった、と氷川は祐の手腕に感心すると同時に胸を撫《な》で下《お》ろす。

長江組による工作で、眞鍋組の街で商売する一般人がヒットマンにされるかもしれない。行きつけの老舗《しにせ》喫茶店のマスターやステーキハウスの店主もヒットマンに仕立てられる力がある。そんな話をした記憶があるだけに辛《つら》い。

「マスターが娘さんやお孫さんが理由で脅されていたのはわかっている。いったいなんだったんだ？」

氷川が聞きたかった疑問を京介が尋ねると、宇治はバックミラーを確認してから答えた。

「マスターの娘さんが交通事故で長江組系フロント企業の社長に重傷を負わせて、仕事に大きな穴を空けさせたらしいが、ふっかけられた賠償金が払えなくて……田口の罠《わな》にはめられたんだろ」

娘婿は身体を壊して入院中だった、と宇治は独り言のように説明をつけ加える。なんにせよ、長江組の幹部による仕組まれた巧妙な罠だ。

「典型的なヤクザの手口だよな」

京介が棘《とげ》のある声音で指摘したように、暴力団関係者がよく使う手だ。医者や目撃者、保険会社のみならず警察官まで一味の場合も珍しくはない。周到な準備をしてからターゲットを罠に落とすのだ。

「……あぁ、娘さんとお孫さんが売られそうになって、マスターは追い詰められたんだ。娘婿の容態は悪化するし、気の毒に、大変だったらしいぜ」

「マスター、自殺していないよな？」

　意識が薄れ行く中、京介も死を覚悟したマスターのセリフを聞いていたようだ。

「オヤジが真っ先に止めた」

「よかった」

　京介が安堵の息を漏らすと、宇治は苦しそうに言った。

「マスターに詫《わ》びを入れなきゃ駄目なのはこっちだ」

「そうだな。いい迷惑だぜ」

　京介が憎らしそうに言ったように、マスターは被害者だ。眞鍋組の二代目組長や重鎮たちが懇意にしている店でなければ狙われなかっただろう。おそらく、マスターの娘を罠にかけて、虎視眈々《こしたんたん》と二代目姐が訪れる時を待っていたに違いない。

「京介がついていたから、二代目はバズーカ砲を使用しなかった。礼を言うぜ」

　宇治が悪鬼と化した不夜城の覇者に触れると、助手席の若いメンバーが恐怖の唸り声を漏らした。

「俺はショウと一緒に二代目が殴り込んでくると思った」

「虎《とら》と桐嶋組長と魔女が命がけで止めた。殴り込むより、二代目を止めるほうが大変だ」

「俺は二代目に会いたくない。高速に乗る前にどこかで降ろしてくれ」

いつしか、車窓の向こう側には豊かな緑と建物が調和している街が広がっていた。名古屋名物を扱う飲食店が目に留まる。

京介くんへのお詫びには小倉あんとコーヒーのスイーツがいいかもしれない、と氷川は女性看護師たちが絶賛していた名古屋の和スイーツを脳裏に浮かべた。口を挟もうとしたが、宇治が感情たっぷりの声音で言った。

「二代目や虎は詫びを入れるつもりだ」

「詫びは無用だ」

「眞鍋を礼儀知らずにしないでくれ」

宇治は京介の希望を無視し、スピードを落とさずに高速に乗った。前方も後方も眞鍋組関係者が乗っているワゴン車だ。隣車線の白いプリウスには、リキが引き立てた若い構成員が乗っていた。

「すっげぇ迷惑」

「チョコレート饅頭《まんじゅう》で手を打て」

「お前、そんなに馬鹿だったのか」

京介に辛辣《しんらつ》な言葉を投げられても、眞鍋のメンツがかかっているだけに宇治は引けないらしい。ハンドルを握った姿勢で、前方に向かって頭を下げた。

「頼む」

「冗談はそこまで」

「冗談じゃない」

京介と宇治の言い合いは決着がつかなかったが、トイレ休憩のために立ち寄ったサービスエリアで勝負はついた。

なんのことはない、清和が待ち構えていたのだ。トイレから出て、売店を覗こうとした矢先、銀色のアストンマーティンから眞鍋の龍虎コンビが現れた。ベントレーの新型で赤の他人のように天むすを食べているのは吾郎《ごろう》だ。

「京介、すまなかった」

清和の第一声に対し、京介は華やかな美貌《びぼう》を曇らせた。

「二代目、会いたくなかった」

「礼は改めてする」

「マスターや娘さんたちを守ってくれたらそれでいい。マスターがあの店をクローズさせるようなことがあったら俺は二代目を許さない」

京介の最大の懸念に、清和はコクリと頷《うなず》いた。

「わかっている」

「お疲れ様でした」

京介はスタスタと吾郎が二つ目の天むすを食べているベントレーに近づく。ショウではないから、吾郎の天むすを狙っているわけではないだろう。

「京介、送るぞ」

「一緒に帰るのはいやです」

京介はぴしゃりと撥《は》ねのけると、ベントレーの新型から吾郎を強引に引《ひ》き摺《ず》り下ろした。素早く乗り込んで、そのまま走り去ってしまう。

氷川に対してなのか、クラクションを挨拶代わりに二回、鳴らす。あえて氷川も京介を引き留めたりはしなかった。

吾郎は無残にも地面に突っ伏している。

「……清和くん」

氷川が逸《はや》る心を抑えて近寄ると、清和は苦しい感情を秘めた声で言った。

「すまない」

防ぐことができたはずなのに防げなかった。清和の表情から察するに、そんな痛恨のミスがあったらしい。どうやら、長江組に警備の隙《すき》を巧みに突かれたのだろう。氷川にはイワシやハマチなど、護衛が何人もついていたし、シマの各所では眞鍋組構成員や息のかかった兵隊が目を光らせていた。

「眞鍋のシマも戦場なんだね」

「すまなかった」

「マスターたち、一般人を巻き込む戦争になんの意味があるのかな？」

氷川が悲痛な面持ちで問うように言うと、清和は鷹揚《おうよう》に銀色のアストンマーティンに向かって顎を杓った。

「……乗れ」

清和の傍らに立つリキも促すように目で示すが、氷川の足はどうにも動かなかった。在りし日の清和を連想させる男児たちが駆け回っているからだ。なんとも名前のつかない感情の渦に苛《さいな》まれる。

「二人目のマスターは誰かな？」

長江組との覇権争いが続く限り、第二第三のマスターは増え続けるだろう。裏社会の覇者になっても被害者は減らないかもしれない。お食事処《どころ》から出てきた優しそうな紳士がマスターに重なる。孫らしき女の子と手を繋《つな》いでいる姿は西洋の名画のようだ。

「……守る」

清和の鋭い眼光には高い矜持《きょうじ》が込められていた。

「二人目のマスターや三人目のマスターが裕也《ゆうや》くんの関係者だったら許さない」

長江組ならば二代目組長夫妻のみならずリキや橘高夫妻など、眞鍋組関係者が命より大切にしている子供の周囲の人物を狙っても不思議ではない。何せ、今回、仁義を欠いた戦い方だと、眞鍋組を批判しているのは長江組だ。

「必ず、守る」

「バズーカ砲を持ちだせばいいってもんじゃないんだよ」

氷川の痛烈な一撃に清和の周りの空気がざわめいた。

よく言ってくれました、とリキの鋭利な目が語っているような気がしないでもない。感情がいっさい見えない修行僧の表情がいつもと違う。

「ここで堂々とゆっくり名古屋名物を一緒に食べられたらよかったのに」

きしめんを食べていく、と氷川は無体な我がままを言いたくなってしまう。清和が一般人ならば名古屋グルメを堪能《たんのう》していたに違いない。

「あとで」

「いつ?」

「そのうち」

「期日を明確にしなさい」

氷川が天女と称《たた》えられた美貌で凄むと、清和は視線を右腕とも言うべき虎に流した。なんとかしろ、と命じているのだ。

けれど、リキは口を挟まず、喫煙所で煙草《タバコ》を吸っている諜報部隊のメンバーたちと目で語り合っている。

「長江組の逆襲もすごいよね？　これからだよね？」

　グイッ、と氷川は硬い筋肉に覆われた清和の腕を摑んだ。

「………」

「サメくんが名古屋支部を作ったのは名古屋が決戦地だから？　神戸《こうべ》と東京の中間地点？」

「………」

「名古屋の二次団体のトップが心不全で亡くなったね？　これから何人、心不全で亡くなるのかな？」

　長江組は眞鍋組に通じた組長や会長を躊躇わずに始末する。今後、ますます、水面下で眞鍋組の軍門に降《くだ》った長江組系暴力団のトップが処分されるだろう。幸運の女神による奇跡が起こらない限り、眞鍋組も無傷ではいられない。

「……帰るぞ」

「長江組にも意地があるように思った。サメくんの作戦には無理がある」

　氷川が感じたことをストレートに告げると、清和の背後に青白い火柱が何本も立ったような気がした。ヤクザ失格の戦い方、と清和も非難されているのかもしれない。

「帰る」

「今回のシナリオは失敗作……」

氷川が言い終える前にリキの低い怒号。

「二代目っ」

清和に全身で守られるように氷川の華奢《きゃしゃ》な身体は抱きかかえられた。そうして、その場に伏せた。

一発、二発、三発。

銃声もなく、背後にあったお食事処の看板に銃弾が撃ち込まれる。おそらく、サイレンサー付きだ。

誰を狙ったのか。

誰が狙ったのか。

こんな時間にこんなところで、と氷川は愛《いと》しい男の腕の中で愕然《がくぜん》とした。

すぐ隣では幼い子供を連れた夫婦が楽しそうに笑っている。ソフトクリームを頰張《ほおば》っている幼い兄弟もいるし、名古屋特産品を手にした妊婦もいた。

誰も何も気づいてはいない。ヒットマンも見当たらない。瞬時に、観光客に扮していた諜報部隊のメンバーたちが弾丸を回収した。

まるで何事もなかったかのように、サービスエリアは明るい声で満ちている。無邪気な子供の歓声が響き渡った。

しかし、少しでも逸《そ》れていたら、なんの関係もない一般人が犠牲になっていたのだ。

名古屋特産祭

「……い、いーっ？」

氷川が言葉にならない怒りと恐怖を発すると、清和は闘う男の目で言った。

「すまない」

「……い、い、今のは？」

発砲されたとわかっている。長江組の仕業だと考えるのが妥当だ。人目のある場所で尋ねる話ではない。

それでも、氷川は尋ねずにはいられなかった。自分の精神が壊れないようにするためかもしれない。

「考えるな」

「豆鉄砲じゃないよ」

豆鉄砲だと思い込みたいが、豆鉄砲だったならば看板は貫通しない。愛しい男の無事を確認するように、手で直に摑み直して確かめる。

「車に戻るぞ」

「……そ、そばに子供や女性がいたのに……」

氷川は清和とリキに守られ、銀色のアストンマーティンではなくグレーのワゴン車に進んだ。

車内では宇治と諜報部隊の若いメンバーが真っ青な顔で控えている。

氷川の盾になるかのように、左右に清和とリキが腰を下ろす。無線でなんらかの暗号が飛び交っているようだ。

「出します」

宇治は一声かけてからアクセルを踏み、狙撃《そげき》の現場となったサービスエリアを後にした。

助手席にいる諜報部隊のメンバーは、スマートフォンを操作し続けている。夏らしい陽《ひ》差《ざ》しが照りつける高速道路に、不審車は見当たらない。周囲の車やバイクを運転しているのは眞鍋組関係者だ。

けれども、白い雲が浮かぶ青い空にヘリコプターが現れた時、清和とリキの顔つきが戦闘兵と化した。

「……ま、まさか、ヘリコプター？　長江組のヘリコプター？」

氷川が裏返った声で聞くと、清和に強く抱き締め直された。

「安心しろ」

「……や、やっぱり長江組のヘリコプターなんだね？」

気のせいかもしれないが、今にもヘリコプターが乗車している車に墜落してきそうだ。

……いや、まさかこんなところで。まさかこんなところでありえないとは思ったが、自爆覚悟の墜落を計画しているのかもしれない。長江組には命知らずの優秀な戦闘兵ばかり集めた極秘戦闘部隊がある。

「気にするな」

清和はまったく動じていないが、氷川の恐怖は大きくなるばかりだ。今にも心臓が破裂しそうな気がする。

「……せ、清和くん、警察に通報しよう。自爆テロっていうか特攻？　カミカゼ特攻だよね？」

現場は東南アジアだったらしいが、長江組の極秘戦闘部隊は火薬を搭載したヘリコプターで、裏切った海外マフィアのトップの船に突っ込んだという。最初から生きて帰る気のない極秘戦闘部隊兵による特攻だ。小耳に挟んだ話が真実ならば、揉めた闇《やみ》組織のトップが乗っていたプライベートジェットも火薬を搭載した飛行機で突撃している。どちらも爆死したそうだ。海外の闇組織にも長江組が一目置かれていた所以《ゆえん》である。

「お前は守る」

清和の変わらない決意に虚勢は含まれていない。命に代えても十歳年上の恋女房を守り抜くつもりだ。

「僕は清和くんと一緒だったら地獄に行ってもいい。けど、あのヘリは火薬を積んでいるんでしょう。どんな被害が出ると思っているの？」

愛しい男のいないこの世に未練はない。天に召されても、愛しい男がいなければ無間地獄に叩《たた》き落《お》とされたようなものだ。愛しい男がいるならば、業火に焼かれ続ける地獄も愛の楽園になる。どんな地獄に落ちてもいいが、なんの関係もない人々は巻き込みたくない。

「お前を地獄には行かせない」

「僕がいるところは清和くんのいるところだ。……や、ヘリは事故のふりをしてわざと突っ込んでくる気だよね？」

氷川の涙混じりの声に突き動かされたのか、リキがいつもの調子で口を挟んだ。

「姐さん、それだけ長江が追い詰められている証拠です」

「……え？　リキくん？」

「姐さんを使ったサメへの交渉も失敗したばかりです」

リキが言及したように、一徹長江会の会長に扮したサメは眞鍋組二代目姐を見ても尻尾《しっぽ》を出さなかった。

「……う、うん……さっきの……さっきの田口さんの……」

「長江の崩壊は顕著です。眞鍋に通じる親分衆を始末し、かえって舎弟たちの反感を買っています」

リキはスマートフォンを操作しながら、長江組の内情を明かした。

長江組による血の粛清は狙い通りにはいかなかったらしい。人の心とは不思議だ。それ故、人なのかもしれない。

「……そ、そうなの？」

「恐怖で極道の忠誠は得られない」

確かに、リキの言葉には一理あった。独裁者の恐怖政治が永遠でないことは、世界各国の歴史が如実に物語っている。

「……それはそうだろうけど……恐怖政治はどこでも終わる……」

「サメによる裏工作が功を奏し、主立った長江組派は一徹長江会と裏で繋がりました。眞鍋にも挨拶が続々と入っています」

リキは息をついてから、なんでもないことのように言った。

「長江としては二代目を消すしかないのでしょう」

裏社会の覇権をかけた大戦争において、どちらかの大将が消されたら終戦だ。……否、長江組ならば大将の代理はいくらでもいるが、眞鍋組には昇り龍の代わりに頂点に立つ極道はいない。リキにしろ祐にしろ橘高にしろ安部にしろ、幹部は全員、辞退するのが目に見えていた。

「……せ、清和くんを？」

抗争となれば真っ先に狙われるのはトップだ。それはいやというぐらいわかっていたけれども。

「長江の最後のあがきです」

　リキの言葉に同調するように、清和の目が不遜《ふそん》に細められる。眞鍋の龍虎コンビは早くも勝利を確信しているのかもしれない。現在、いつ、頭上からヘリコプターが突っ込んでくるかわからないのに。

「最後のあがきでも……」

「今日で王手」

「王手？」

「明日にも二代目による勝利宣言」

　祐や卓《すぐる》といった知能派がいないからか、無口な修行僧の口数がいつになく多い。どことなく雰囲気も異質だ。

「……リキくん、珍しくよく喋《しゃべ》ってくれる。僕は嬉《うれ》しくない全国統一だけど……リキくんは嬉しい？」

　氷川が躊躇いがちに聞くと、リキは鉄仮面をつけたまま答えた。

「俺は麻薬や人身売買が嫌いです」

「それは僕も大嫌いだけど……」

「長江の手は汚い」

　昨今の不景気を反映しているのか、商品が麻薬であれ女性であれ子供であれ武器であれ、長江組は詐欺紛《まが》いの手法を駆使するケースが増えたという。以前なら納得させた女性を取り扱っていたが、今では騙《だま》した女性のほうが多いらしい。桐嶋組総本部で暮らしていた頃、ちらほらと恐ろしい噂が氷川の耳にも飛び込んできた。桐嶋に孫娘の奪還を頼み込んだ初老の夫婦には同情したものだ。

「……うん、聞いたような気がする」

「俺も祐もサメも……二代目に力を貸してくれた男たちは長江に裏社会を制覇させたくなかった。これでわかってください」

それぞれ理由は違っても長江組のやり方に異議を唱える者たちが、眞鍋の昇り龍を支持したのだ。極道だけでは長江組を包囲できない。そういった図が氷川の眼底に浮かんだ。

「もしかして、その協力者の中には高徳護国流《たかとくごこく》とか、警察関係者とか、政治家とか官僚とか一般企業の経営者とか……含まれている？」

「はい」

「清和くんが……あれ？　新しいヘリが何機も来た？」

氷川は運転席の宇治と助手席のメンバーが慌てていることに気づき、車窓の向こう側の景色に視線を流した。遠くの空にヘリコプターが何機も飛んでいるように見える。リキの手元にあるスマートフォンには飛行中のヘリコプターが五機、映しだされていた。

助手席の若いメンバーは無線でどこかと連絡を取りだした。フランス語で話しているから、氷川には理解ができない。

「遅い」

　リキの言葉や清和の目から眞鍋組のヘリコプターだとわかる。ひょっとしたら、大空での戦闘も想定していたのかもしれない。

「……え？　眞鍋のヘリ？」

「姐さん、怖い思いをさせて申し訳ありません」

　リキに改まって謝罪され、氷川は今までに何度も口にした切実な願いを言った。

「清和くんを守って」

「命に代えても」

「一般人をひとりも巻き込まないでほしい」

　暴力団の抗争による流れ弾で亡くなった被害者遺族の悲痛な訴えが、氷川の心に深く突き刺さっている。決してあってはならないことだ。

「肝に銘じています」

　眞鍋組のヘリコプターが五機、長江組のヘリコプターを囲むように飛ぶ。威嚇していることは間違いない。

　空の上での睨《にら》み合《あ》いは眞鍋側に軍配が上がった。

　長江組のヘリコプターは関西方面の空に消えていく。眞鍋組のヘリコプターは追ったりせず、東の空の彼方《かなた》に向かった。

「……よかった」

氷川は清和に縋《すが》りついたまま大きな息をつく。

「ミグじゃないからマシだ」

清和がポロリと本心を吐露《とろ》し、氷川の白皙《はくせき》の美貌を凍らせた。

「……ミグ？」

「以前の長江ならミグを飛ばせる力があった」

長江組、恐るるに足らず。

清和だけでなくリキや宇治、若い諜報部隊のメンバーまで長江組の凋落《ちょうらく》を実感しているような気がした。

正直、恐ろしくてたまらない。

ただただ氷川は清和の無事を祈るだけだ。


それ以後、長江組による攻撃はなく、無事に眞鍋組が支配する街に入る。田口に奇襲をかけたショウたちも全員、無事に東京に向かっているという報告が入った。

『リキさん、俺たちに抜かりはねぇっス。あいつら、殴り殺したかったけど、半殺しで許してやったっ。田口は蹴《け》り殺《ころ》したかったのにーっ、あーっ、ムカつくーっ』

　ショウはだいぶ興奮しているらしく、罵声《ばせい》が氷川の耳にも届く。血気盛んな特攻隊長の血は滾《たぎ》ったままの状態だ。

　リキは宥《なだ》めることもせず、帰京指示を出した。

「ショウ、真《ま》っ直《す》ぐ帰ってこい」

『それが太夢や吉平がチビどもに土産を買うって言いやがるから寄り道するっス。ママちゃんのパンツやヒヨコの卵焼き……え？　なんだ、太夢？　ママのパンツじゃねぇ、ナナちゃんのクッキーにヒヨコのプリンとかっス』

　ショウの隣に太夢がいるらしく、名古屋スイーツについて間違いを訂正したらしい。氷川の眼底に名古屋出身の看護師による帰省土産が再現された。甘党を満足させる和洋のスイーツが名古屋には揃っている。

「わかった」

　リキはショウとの会話を終わらせようとしたが、氷川は大声で乱入した。

「ショウくんは京介くんにお土産を買ってきなさいーっ」

『……へっ？　姐さん？　姐さん、元気そうでよかったっス。田口の奴はボロ雑巾《ぞうきん》にしたっス。もう二度とデカい顔はさせねぇっス』

ショウに敬愛する二代目姐を拉致した首謀者への鬱憤《うっぷん》がぶり返した。京介への土産、という言葉は耳に入ったはずなのに。

「ショウくん、暴力はいけません。そんなことより、京介くんに名古屋土産を買ってきなさいっ」

氷川が力を込めて言うと、ショウは不可解そうな声で返した。

『……なんで、京介の野郎に土産？』

「京介くんに名古屋スイーツを買ってあげないと許しません。太夢くんや吉平くんと同じように、ナナちゃんクッキーやひよこのプリンでいいからっ」

『姐さん、ナナちゃんとひよこが欲しいんスか？』

「僕じゃない。京介くんのために買ってあげるの……もう、ショウくん、太夢くんに替わって。太夢くんに頼む」

ショウにはいくら言葉を尽くしても理解してもらえないかもしれない。氷川は接客のプロである太夢に託した。京介との関係は商売敵《しょうばいがたき》であるから微妙らしいが、吉平よりは適任だと踏んだのだ。

『姐さん、お久しぶりです。姐さんの麗しい声は聞こえていました。京介用のスイーツも買って帰ります。ショウに持たせればいいんですね？』

この時ばかりは太夢が頼もしい。ショウが京介に土産を渡さなければならない理由がわかっている。

「ショウくんが食べてしまわないように、ショウくんが京介くんにお土産を渡すまで見届けてほしい」

ショウのことだからせっかく土産を買っても、肝心の京介に渡す前に平らげてしまう可能性が高い。この問題に関し、眞鍋が誇る韋駄天《いだてん》の信用は地に落ちていた。

『姐さんのお願いは無視できません。お任せください。ついでに、ショウに愛の告白をさせます』

「……愛の告白？　ショウくんが京介くんに愛の告白？　……そうだね。ショウくんにそんな離れ業が使えたらいいね」

『姐さんの命令ならばショウは拒否できない。今こそ、麗しの白百合のご威光を知らしめる時です』

リキや清和、宇治たちは一言も口を挟まず、周囲に注意を払っている。

いつの間にか、青い空が茜色《あかねいろ》を越えて夜の色に変わっていた。肌を露出した女性たちが行き交う男性陣に媚《こ》びを売り、ヘアメイクを完璧《かんぺき》に施したホストが女性陣を言葉巧みにホストクラブに誘導している。常時となんら変わらない男と女の歓楽街だ。

氷川の希望と橘高の要望が合致し、憔悴《しょうすい》しきったマスターに対面する。閉店中のプレートがかけられた老舗喫茶店で再会した。

「……も、申し訳ありませんでした」

マスターは氷川の顔を見た瞬間、土下座で詫びた。

「マスター、やめてください。マスターは悪くありません。謝らなければならないのは巻き込んでしまった僕たちです」

氷川は慌てて駆け寄り、マスターを立たせようとした。

それでも、マスターは木の床に擦りつけた頭を上げようとしない。橘高もマスターの肩を優しく叩くが、木の床に大粒の涙が滴り落ち続けた。

「マスター、辛い思いをさせてすまない」

清和はわざわざ膝《ひざ》をつき、マスターに謝罪した。傍らに控えていたリキも姿勢を正してから頭を下げる。

「……二代目……め、滅相もない……」

マスターは自分で自分を責め続け、不夜城の覇者の謝罪を受け入れない。凄絶な慟哭《どうこく》が迸《ほとばし》る。

「みかじめ料をもらっていながら守ってやることができなかった」

「……娘も孫も助けてもらいました……スタッフも守ってもらいました。すべてはわしの弱さが招いたことです。どんな手を使ってでも真実を告げ、相談していればよかったのに……」

マスターが一言でも眞鍋組関係者に告げていたら、氷川が拉致されることはなかっただろう。そもそも、氷川は喫茶店に入店することはなかったかもしれない。祐にしろリキにしろサメに扮した銀ダラにしろ、なんらかの手を打っていたはずだ。マスターの後悔の理由が氷川にはわかる。

だが、清和は的確にマスターの状況について把握していた。

「長江の奴らに張りつかれていたんだ。無理もない」

「一言でいいから責めてください」

「責められるべきは俺だ」

責めていいんだぞ、と清和の鋭い目は雄弁に語っている。傍らに立つリキも同意するように相槌《あいづち》を打った。

「二代目、長江を潰《つぶ》してください。どうか裏社会のトップに立ってください。二代目ならばカタギに無体なことはしない」

マスターに手を握られ、清和は帝王の目で深く頷いた。

そんなことを清和くんに頼まないでほしい、と氷川は喉《のど》まで出かかったが、口に出したりしなかった。

どちらにせよ、流れが変わる。

それだけは間違いない。

6

翌日、長江《ながえ》組の幹部である田口《たぐち》が心不全で死亡したというニュースが流れた。ゴシップ色の強い新聞やインターネットは一徹《いってつ》長江会による殺害だと報じている。リビングルームのテレビでは元刑事がコメントを出していた。

「清和《せいわ》くん、どういうこと？」

そばにいないとわかっていながら、氷川《ひかわ》は口に出さずにはいられなかった。今、眞鍋《まなべ》第三ビルの最上階にいるのは信司《しんじ》だ。宇宙人に等しい構成員をつける意味はわかっていた。

「姐《あね》さん、二代目をハンバーグ作りに呼びますか？」

信司は北欧製のテーブルでハンバーグの種を捏《こ》ねながら言葉を返す。眞鍋組の状態を理解していないのは確かだ。

「信司くん、清和くんに料理は無理」

氷川が知る限り、年下の亭主は一度もキッチンに立ったことがない。

「はい。リキさんも祐《たすく》さんもショウも宇治《うじ》も吾郎《ごろう》も橘高《きったか》のオヤジも安部《あべ》のおやっさんも料理はできないそうです」

「……そんなことより……ま、まさか、心不全……清和くん？」

清和は恋女房を狙《ねら》った輩《やから》に容赦しない。拉致《らち》された挙げ句、足蹴《あしげ》にされ、首筋の掠《かす》り傷《きず》とはいえ血を流したとなれば報復するのは明らかだ。

清和ならばヒットマンに命令するだけでいい。

「姐さん、二代目は元気です。心不全の心配は安部のおやっさんです。姐さんはおやっさんに心配させないでください」

「まさか、信司くんにそんなことを言われるとは思わなかった」

氷川が顔を引《ひ》き攣《つ》らせた時、北欧製の電話台に置いていた固定電話が鳴り響く。この電話が鳴るのは珍しい。

異常事態発生か。

「……何かあったのかな？」

氷川がいやな予感を押し殺しながら呼び出し音に応じると、眞鍋組で最も汚いシナリオを書く参謀の声が聞こえてきた。

『姐さん、今からお迎えに上がります。新しいネクタイを締めてください』

スーツを着込まなければならない事態が起こったのだろう。一瞬にして、氷川から血の気が引いた。

「祐くん、いったいどうしたの？　まさか、お通夜？　お通夜なら喪服？」

『冠婚葬祭ではありませんが、説明している暇がありません。今すぐ新しいスーツに着替えてください。姐さんによく似合う淡い色合いのスーツがいい』

「わかった」

氷川は即座に電話を切ると、手を洗いながら信司に断った。一度も袖《そで》を通したことがない手縫いの白いシャツやスーツを着る。参謀がスタイリストのように断言したように、薄い水色とも薄いグレーとも言いがたい淡い色合いのスーツは清廉な魅力を引き立てた。

「姐さん、ハンバーグとソーセージは任せてください」

「信司くん、ありがとう」

氷川が準備を終えた時、見計らっていたかのようにインターホンが鳴り響いた。玄関のドアを開ければ、祐が深々と頭を下げている。

「姐さん、お迎えに上がりました」

「祐くん、どこに行くの？　お通夜やお葬式でなければお見舞い？」

氷川は早足で玄関から出ると、祐とともにエレベーターに乗り込んだ。

「竜仁会《りゅうじんかい》の会長の呼びだしです」

予期せぬ呼びだしだと祐の美貌《びぼう》は如実に物語っているが、慌てている様子はない。

「竜仁会の会長って関東で一番発言力の強いヤクザさん？」

以前、清和と一緒に挨拶《あいさつ》をした記憶がある。関西で伝説の花桐《はなぎり》と謳《うた》われている桐嶋《きりしま》の実父を気に入っている昔気質《むかしかたぎ》の極道だ。桐嶋が大原《おおはら》組を破門された元構成員でありながら、組長として漢《おとこ》を売っていられるのも関東の大親分の肝煎《きもい》りがあったからだ。

「姐さんらしい覚え方です。関東で最も影響力のある大親分だと思ってください。竜仁会の会長が号令をかけなければ、とうの昔に東京は長江組の支配下にありました」

竜仁会の会長が関東一円の極道に提唱した共存共栄は賢明だった。皮肉屋の魔女も関東の大親分には毒づかない。

「その竜仁会の会長がどうしたの？」

氷川が裏返った声で聞いた時、エレベーターは地下の駐車場に到着した。

エレベーターの前から黒いリンカーンまで道ができている。正確に言えば、屈強な男たちが二代目姐のための道を作るように並んでいる。若い構成員から古参の構成員まで、いっせいに姿勢を正してから腰を折った。いつになく、仰々しい見送りだ。

「姐さん、こちらに」

氷川は祐に促され、構成員が頭を下げる前を進んだ。到着地点にはリキと吾郎がいる。

リンカーンからベトナムの民族衣装を身につけた青年が降りてきた。あの夜、氷川に白《しら》百合《ゆり》の花束を捧《ささ》げるように手渡したベトナム・マフィアのダーの幹部だ。

「女神サマ、こんにちは。また会えて嬉《うれ》しい。僕はホアン、仲良くしたいから覚エテ」

ホアンはベトナム式の挨拶をした。吾郎は戸惑っているが、リキや祐は特に止めない。

「ホアンくん、こんにちは。平和に仲良くできることを願っています」

氷川がにっこりと微笑《ほほえ》むと、ホアンは堰《せき》を切ったように喋《しゃべ》りだした。

「誤解していると思うケド、僕たちダーはみんな、もともとは一生懸命に働くために入国したヨ。僕は家族を養うために日本に来たネ」

「どうして、マフィアに？」

ホアンくんもリストラされて困ったのかな、と氷川は脳裏に真面目《まじめ》な外国人労働者が犯罪者に落ちたケースを思い浮かべた。

出稼ぎ外国人労働者がリストラに遭い、本国に残した家族のためにやむをえず犯罪に手を染める事件が後を絶たない。勤勉な者ほど追い詰められていくと聞いた。日本の見通しのつかない不景気が海外にどう伝わっているのか、氷川は不可解でならなかったものだ。

「聞いてくれてありがとうネ。どうしても聞いてほしかったノ。僕たちがマフィアになった歴史ネ」

ホアンが嬉しそうにはにかむと、純朴な青年そのものだ。以前、同郷の仲間が罪を犯した理由を聞いてほしいと、滔々《とうとう》と語りだしたベトナム人患者がいた。

「聞かせてください」

「僕が頼ったトコロが長江組のフロント企業のベトナム支部だった。僕はヤクザだと思ってもいなかったノ。日本に到着したらタダで奴隷として働かされた。一緒に騙《だま》された仲間たち、みんな、奴隷働きで死んだヨ」

……ひどい。長江組のフロント企業は最初から騙す気だったんだ、と氷川は自分の予想が甘かったことを知った。

日本では真面目に働いていたら賃金がもらえると、騙されるケースはほかの外国人労働者からもちらほら聞いた。楽に稼げる、なんて甘い言葉では騙されていない。真面目に働いた正当な対価が支払われるだけでいいのだ。本国に仕事がまったくない外国人たちは日本に一縷《いちる》の望みをかけた。

「犯罪です。警察に駆け込めなかった？」

「隙《すき》を見て、警察に逃げたけど駄目ダッタノ。日本人はみんな、僕たちに冷たかったネ。女の子は売春させられて変になって自殺した。自殺しなかった子も死んじゃったヨ」

「……っと、警察じゃない。ベトナム大使館にも駆け込めなかったのかな？」

「長江組の監獄が地獄ナノ。捕まってお仕置きも家畜の地獄ナノ。僕は母国のママや弟妹たちのために生きたノ。毎日毎日朝も昼も晩も働いて……我慢できなくて、ちょっと隙があったから死ぬ気で逃げたノ」

そこで初めて僕を人扱いしてくれる人に会ったんだヨ、とホアンは懐かしげに続けた。

「……初めて人扱いしてくれた人？　日本人なのかな？」

ホアンに日本人への怒りは感じられない。奴隷のように扱われたのも、助けられたのも日本人なのだろう。そうでなければ、日本と日本人に対する恨みが炸裂《さくれつ》しているはずだ。

「眞鍋の橘高清和ダヨ。まだ組長じゃなかったノ」

ホアンの声音には並々ならぬ感謝が込められていた。

「……清和くん？」

「二代目もお金持ちじゃなかったノニ、僕を助けてくれたノ。僕の仲間も助けてくれたノ。僕たちの大恩人ナノ」

「……清和くんが助けてあげてマフィアになったの？　マフィアになったら駄目だよ。本国のお母様が泣きます」

眞鍋組の組長代行に助けられ、素朴なベトナム青年はマフィアの幹部だ。氷川の胸はひどく痛む。

しかし、当の本人は首を左右に振った。

「僕は騙されて日本に売られてくる同胞を助けたかったノ。そのために二代目に力を借りてダーを作ったノ。まだまだ助けたい同胞が残っているヨ。警察も母国も大使館も助けてくれないヨ」

「……長江組の人身売買はそんなにひどいのか」

リキや祐も長江組の人身売買について言及していた。麻薬と人身売買、どちらも許しがたい大罪だ。

「眞鍋も女神サマが怒る仕事をたくさんしているヨ。けどネ、カタギを騙さないヨ。女の子だって納得して売春するヨ。ちゃんとお金も払うヨ。病気になったら助けてくれるヨ。長江にはそれがなかったヨ」

身体《からだ》を売るしか、生きていく術《すべ》がない女性たちは太古の時代から世界各国に溢《あふ》れている。家族を助けるため、病人を助けるため、女性たちは納得して自分を商品化するのだ。それなのに、対価が支払われなかったならば。

「長江組は根こそぎすべて奪う？」

「うん、ソレ、ソレ。根こそぎ奪うのは長江組だけじゃないネ。ほかのヤクザもマフィアもソレ。眞鍋は任侠《にんきょう》だから違うネ。みんな、人間扱いするヨ」

ホアンがどんなに褒《ほ》め称《たた》えても眞鍋組は暴力団だ。氷川はやるせないが、否定することもできない。正直な感情を吐露するだけだ。

「……僕は悲しい」

「二代目が長江組を潰《つぶ》さないと悲しいことがたくさん増えるヨ。二代目に裏社会の大ボスになってもらおうネ」

橘高清和が裏社会の大ボスだヨ、とホアンは眞鍋組一同に代わって早くも勝利宣言するかのようだ。

「そんなことをわざわざ言いにきたの？」

「女神サマに泣かれたら二代目は弱虫ネ。二代目には強い大ボスになって、騙す奴《やつ》らをやっつけてもらうノ」

「清和くんが裏社会のボスになったら眞鍋組もダーも食品会社だ。ホアンくんが扱うのはベトナム料理だよ。僕は生春巻きとフォーが好き」

氷川が壮大な計画を口にすると、ホアンは邪気のない笑顔を浮かべた。

「女神サマ、ＯＫヨ。二代目が大ボスなら食品会社でＯＫネ。うちのボスのワイフが作る生春巻きとフォーは美味《おい》しいヨ。卓《すぐる》や吾郎たちはバインセオが好きネ。楽しみにしてヨ」

ホアンとのベトナム料理談義に花が咲きかけたが、時間が迫っているらしい。祐にやんわりと止められ、ホアンは礼儀正しく挨拶をしてから引いた。長江組フロント企業に関わっていなければ、マフィアに身を落としてはいなかっただろう。

氷川は切なくてたまらなくなるが、嘆いていても仕方がない。

リンカーンの車内に乗り込めば、世界各国で指名手配されている凶悪犯がいた。……否、凶悪犯にしか見えない愛《いと》しい男がいた。

「……せ、清和くん？」

「…………」

「どうして、そんなに怖い顔をしているの？」

氷川が驚愕《きょうがく》で声を張り上げても、年下の亭主の殺気はトーンダウンしない。それどころか、さらに迫力を増した。

「…………」

「刑事に職務質問されると思う」

氷川が宥《なだ》めるように清和のシャープな顎《あご》を摩《さす》ると、ようやく指名手配中の凶悪犯から出所後の凶悪犯になる。

「姐さん、今、二代目に最も相応《ふさわ》しい指摘をありがとうございます。その調子で二代目の職質を回避させてあげてください」

祐の口ぶりから、激昂《げっこう》した清和を宥めるために呼ばれたと気づく。氷川は愛しい男の手をぎゅっ、と握った。

「祐くん、何があったの？」

何もなければベトナム・マフィアの幹部はいないし、清和が身の毛もよだつような凶悪犯化していないはずだ。

「姐さん、大原組長は桐嶋組長が尊敬するだけの男でした……吾郎、出せ」

祐が抑揚のない声で指示すると、運転席の吾郎が緊張気味の声で言った。

「出します」

吾郎がアクセルを踏んでも、氷川や清和を乗せたリンカーンは発車しない。

「吾郎、ブレーキ」

リキが事務的な口調で指摘すると、吾郎が今にも昇天しそうな声で応じた。

「……す、すみません……アクセルとブレーキを間違えました」

「落ち着け」

「はいっ。今度こそ出しますっ」

吾郎は大きな呼吸をしてから、注意深く発車させた。今度は難なく動きだし、瞬く間に眞鍋組構成員たちが詰めている地下の駐車場を出る。夏らしい陽差《ひざ》しが照りつける車道を真《ま》っ直《す》ぐに進んだ。

氷川はあえてベトナム・マフィアの幹部との会話に言及しない。

「吾郎くん、緊張しているんだね」

氷川が優しい声でフォローを入れると、祐が盛り上げるように高らかに言った。

「姐さんの麗しさに緊張しているのでしょう」

「祐くんがジュリアスのオーナーみたいなことを言っても白々しい。……あれ、いつもこういう時はショウくんの運転だよね？」

眞鍋組二代目組長夫妻に虎《とら》や魔女まで揃《そろ》っていれば、ハンドルを操るのは眞鍋組随一の運転技術を誇る韋駄天《いだてん》だ。吾郎が運転席に座ることは珍しい。

「姐さん、あの馬鹿《ばか》につける薬がありますか？」

「ショウくんに何かあったの？　猿も木から落ちるし、ショウくんが交通事故とか？」

氷川の瞼《まぶた》に大型バイクで転倒する特攻隊長の姿が過《よぎ》った。名古屋からの帰り道、長江組の奇襲を受け、ショウは車の運転ができない身体になっているのかもしれない。つい先ほど、駐車場で宇治も見かけなかったことを思いだす。後続の護衛車に乗車しているのは、サメに扮《ふん》した銀ダラやハマチといった諜報《ちょうほう》部隊のメンバーだ。

「ショウならば交通事故に遭遇してもピンピンしているでしょう」

「いくらショウくんでも交通事故に遭ったら危ない」

「交通事故に遭っていたほうが幸いでした」

「……え？　長江組の田口さんに……まさか、ショウくんが田口さんを？」

つい先ほど、テレビのニュースで流れた長江組幹部の訃報《ふほう》が氷川の心を再び抉《えぐ》る。ショウは田口に対し、怒りの矛先を向けたままだった。

「そちらではありません。そちらならまだ許せた」

祐が漲《みなぎ》らせる怒気が華やかなホストを思いださせる。手を握っている清和の感情は揺れていない。ただ、リキの指示により、吾郎はスピードを上げた。

「……ま、まさか、まさか京介《きょうすけ》くんをまた怒らせたの？」

「姐さんが直接、ショウに言い訳を訊いてください。きっと脳を解剖したくなるはずです」

祐の言い草から予想が的中したことを知り、氷川は白い頬《ほお》をヒクヒクと引き攣らせた。無意識のうちに、ぎゅっ、と清和の手を握り直してしまう。

「ショウくん、また何かやって京介くんを怒らせた……あ、京介くんを怒らせる理由はひとつしかない。名古屋土産を京介くんに渡さずに食べてしまったのかな？」

「姐さん、ショウに太夢《たいむ》と吉平《きっぺい》が絡めばどんな化学反応を起こすか予想できない。そう覚えておいてください」

よりによってこんな時に、と祐の静かな怒りに火がついたような気がした。恐怖を避けるかのように、吾郎はますますスピードを上げる。

「……え？　太夢くんと吉平くんで化学反応？」

「京介が殺人者にならずに幸いでした。どんな馬鹿でも人間として誕生している以上、殺せば罪になりますから」

「いったい何が？」

「京介に会ったら機嫌を取っておいてください。姐さんにしかできません」

いつしか高級車は、氷川が見たことのない風景の中を突き進んでいる。夏の陽を浴びる豊かな緑が延々と続く道だ。雑草は伸び放題で日本人男性の平均身長を軽く超えている。

行き先を知らないのは氷川ひとり。

「……それでどこに向かっているのかな？」

「眞鍋の初代組長と竜仁会の会長が酔っぱらって素《す》っ裸《ぱだか》で寝た思い出の場所です。竜仁会の会長に指定されました」

祐が語った清和の実父と竜仁会会長の在りし日の秘話に氷川は目を丸くした。そういう時代でそういう仲だったのだろうか。

「草むらの中……じゃないよね？」

「そろそろ着くはずです」

「……え？　どこに入っていくの？　お寺？」

氷川や清和を乗せた車はどこか寂れた雰囲気のある寺に入り、駐車場らしき空き地に停《と》まった。吾郎はハンドルを握ったまま、前傾姿勢で大きな息をつく。

「到着しました」

吾郎の声が聞こえるや否や、黒いスーツの男たちが清和や氷川のためにドアを開けた。

「お疲れ様です」

一日で玄人だとわかる男たちの出迎えに、清和は眞鍋組二代目組長として対峙《たいじ》する。氷川は無言で付き従うだけだ。

墨染めの衣に身を包んだ僧は見当たらないが、石灯籠《いしどうろう》や地蔵の間には黒いスーツ姿の極道が何人も立っている。玄関にインターホンはなく、古き良き時代を連想させる木の扉だ。木の匂《にお》いがする廊下を進み、仙人と龍神の掛け軸が飾られた和室に通された。桐の卓には予想だにしていなかった人物がいる。

……いや、竜仁会の会長がいるのはわかっていた。その隣に眞鍋組の顧問である橘高がいたのだ。

そうして、もうひとり。

現在、眞鍋組と裏社会の覇権をかけて戦っている長江組の大原組長がいた。まるで竜仁会の会長や橘高と昔馴染《むかしなじ》みの大親友のような顔で。

……竜仁会の会長と橘高さんはわかるけれど。

いったいこれはどういうこと、と氷川は度肝を抜かれ、転倒しそうになったが清和の大きな手によって支えられる。

「眞鍋の、よう来てくれた。姐さんも相変わらず男なのに美人だな」

竜仁会の会長に親しげに声をかけられ、清和と氷川は深く腰を折った。背後のリキと祐にしてもそうだ。

橘高に目で示され、清和と氷川は座布団に腰を下ろす。リキと祐は背後に座った。見れば、縁側に控えるのは眞鍋組舎弟頭の安部だ。周囲には竜仁会会長の側近が揃っていた。

ここでようやく老年の住職が顔を出し、若い僧侶《そうりょ》が眞鍋組組長夫妻の茶を運んでくる。

「こちらの御仁《ごじん》に説法は無用ですな」

ふぉっふぉっふぉっ、と老年の住職は地蔵菩薩《ぼさつ》のような顔で笑うと、若い僧侶とともに下がった。おそらく、竜仁会の会長が懇意にしている住職だ。このメンバーが話し合う場を提供したのだろう。

「こちらの親分、紹介する必要はないな」

竜仁会の会長の隣には長江組の大原組長がいた。誰かの変装かと思ったが、関東の大親分や橘高の態度から察するに本物の大原組長だ。

……わけがわからない。

眞鍋組の抗争相手だ。竜仁会の会長にとっても敵のはず、と氷川は心の底から驚いたが、態度に出したりはしない。

車内で氷川がずっと手を握っていたから落ち着いたのか、清和は敵意を剝《む》きだしにすることもなければへりくだったりもしない。ただ、大先輩に対する礼儀はきっちりと払う。いくら裏社会の頂点を目前にしていても、若い清和と極道史を担ってきた長江組の大原組長では格が違う。大原組長自身、筋の通ったいい極道として関東でも評判は高かった。

「若輩者の自分でも存じています」

「そうじゃ、長江組の大原組長でな。一昔前なら俺は叩《たた》き返しておった。時代が変わってしもうたからな」

竜仁会の会長の言葉に対し、清和は無言で大きく頷《うなず》いた。口下手な男はあえて言葉を返さないようだ。

氷川が息を吞《の》んで見つめていると、竜仁会の会長は宥めるような声音で切りだした。

「眞鍋の、引いてくれんか?」

手打ちか。

長江組の旗色が悪いのは確かだ。大原組長が関東の大親分に仲裁を頼み、眞鍋組と休戦協定を結ぼうとしているのかもしれない。

極道界のしきたりを考慮すれば、竜仁会の会長に乗りだされたら眞鍋組の二代目は拒否できない。正確に言えば、拒否してはいけない。橘高が同席しているからすでに話はついたのだろう。

しかし、清和はすべてを貫くような目で拒んだ。

「東を西の男に渡すつもりはありません」

今、長江組を壊滅させなければ、二度目のチャンスは巡ってこない。長江組は力を蓄え、再び関東に狙いを定めるだろう。真っ先に矛先を向けるのは不夜城に決まっている。

「わしも同じ気持ちじゃて」

長江組の進出を阻むため、関東の暴力団の共存を掲げたのは、ほかでもない竜仁会の会長だ。

「長江組の度重なる東京進出は許せません」

「その意気で裏社会を統一するかい？」

当然といえば当然かもしれないが、関東の大親分は眞鍋組による裏社会の一本化が目前に迫ったことを摑《つか》んでいる。サメが長江組の元若頭に変装し、分裂させたことも摑んでいるようだが、極道らしからぬ戦い方を咎《とが》めている気配はなかった。

「会長のお許しをいただいたと思っていました」

清和の鋼鉄の意思による抵抗に対し、竜仁会の会長は重い十字架を背負った男にしか出せない悲哀を漲らせた。

「大原組長の目の黒いうちはやめてくれないかのぅ」

竜仁会の会長に視線を向けられ、大原組長は初めて口を開いた。

「長江組は未来永劫《えいごう》、関東に進出せえへん。舎弟たちにも誓わせた。この誓いを破ったならば好きにしてくれてかまへん」

長江組の悲願であった裏社会の一本化だけでなく東京進出も諦《あきら》めるというのか。

……嘘《うそ》かな？

……二枚舌で今の窮地を乗り切る気かな？

ついさっきベトナム・マフィアの幹部が言ったように長江組の手口はいろいろと汚いみたいだけど、大原組長は桐嶋さんが尊敬しているだけあって、そんなにひどいヤクザじゃなかったはず。

大原組長の弱点は若い姐さんだったけれど、これはいったいどういうことなんだろう、と氷川は心の底から驚いた。

清和も困惑したらしく目の色が変わった。

「……大原組長が竜仁会の会長を騙すとは思えませんが」

十中八九、長江組の大原組長と竜仁会の会長は橋高の前で相互不可侵を約したのだろう。関西の大親分が関東の大親分との約束を違《たが》えれば信用の失墜どころではない。

「俺は橋高顧問も昇り龍も騙したりせえへん。長江は西の男や。身に沁《し》みたで」

西の男だと思い知ったから東に手は出さない。大原組長はそれを暗に匂わせている。

「眞鍋は東の男です」

そっちが仕掛けてこなきゃ女房を泣かせてまでやらない、と清和の鋭い目は猛々《たけだけ》しく言い返した。

「知っとう。東の男と西の男はちゃうわ。やりおるな」

「その言葉はそっくり返させていただく」

「眞鍋の昇り龍、ええ男や。東にはええ男が揃《そろ》っとう。トレードしたい気分やで。うちにも綺麗《きれい》な男がひとりぐらい欲しいんやけどな……三國《みくに》祐、東の諸葛亮孔明《しょかつりょうこうめい》はどえれぇべっぴんさんや」

思うところがあったのか、大原組長は清和から背後の祐に視線を流した。眞鍋組で最もビジネスマンらしい参謀と話をつけるつもりだ。

清和も弁の立つ相手に苦心していたらしく、あっさりと祐にバトンを回した。リキも止めない。

「大原組長、お褒めにあずかり恐縮ですが、東の諸葛亮孔明の呼び名は謹んでご辞退させていただきます」

祐は妙にしおらしい態度で最高の軍師としての形容を拒んだ。

「なんでぇや？　わしらは手も足もでぇへん」

大原は皮肉でも冗談でもなく、心の底から眞鍋組による表裏一体の猛攻を賛嘆している。長江組を分裂させた裏を摑んでいることは明白だが、極道らしからぬ戦い方を非難しようとはしない。これが新しい時代の戦法のひとつだと理解しているのだろうか。

「まさか、大原組長が東京進出を断念するとは夢にも思っていませんでした。竜仁会の会長に接触するとも予想できなかった。完敗は俺です」

祐は大原組長を称《たた》えるかのように高らかに敗北宣言した。

清和の表情から察するに、祐が何も気づいていなかったとは思わない。たぶん、竜仁会の会長や橘高が先に休戦を決めるケースも考慮していたはずだ。なんらかの手は打っていたのだろう。けれど、上手《うま》く作動しなかったのかもしれない。

……あ、祐くんでも相手に花を持たせたりするんだ。

相手をとことん叩きのめしても恨みを買うだけ。

これが魔女流の優しさなのかな、と氷川は心の中で一筋縄ではいかない祐に感心した。

医師の権力闘争もそうだが、戦った相手に屈辱感を味わわせれば味わわせるほど、復《ふく》讐《しゅう》心を駆り立てることは間違いない。昨日の勝者は今日の敗者だ。

「時代が変わったんや。つくづく思い知ったんや。関東の大親分や仁義の橘高に泣きつくしか生き残る道はあらへん」

大きな借りや、と大原組長は敗北宣言に等しい言葉を快活な声音で続けた。眞鍋組を声高に称賛している。

「長江組は層が厚い。脅威です」

「うちにええ兵隊が揃いすぎたのかもしれへん。大きな組織になればなるほど、派閥みたいなもんができるやん」

「長江組が東に乗り込んでこない証《あかし》が欲しい」

祐がやり手ビジネスマンの顔で求めると、橘高が苦悩に満ちた顔で口を挟もうとした。

だが、大原組長は漢の目で橘高の助け船を制した。

「戦国時代なら人質を出せばよかったんやな。俺の指で勘弁してもらえへんか」

スッ、と大原組長は流れるような動作で自分の人差し指を桐の卓に置いた。すでに小指と薬指はない。

やめてください、と氷川は反射的に言いかけたが、すんでのところで自制心が働いた。

「眞鍋は新しい極道を模索しています。指にはなんの価値も見いだせない」

祐が侮蔑《ぶべつ》を含んだ目で、大原組長の決意を拒絶した。極道としての落とし前を馬鹿にしているから、氷川がわざわざ口を挟む必要はない。

「そのぶんやったら金を積んでもあかんな」

「金ならばうちも叩きだせます」

「一徹長江会や離反した長江組系暴力団を始末せぇへん。ここら辺で、手を打ってくれへんか」

　若頭に扮したサメや宋《そう》一族のダイアナなど、長江組分裂の原因となった関係者を全員、見逃す。つまり、一徹長江会の今後に関し、眞鍋に託すというのだ。

　これこそ、祐が抗争の後始末として引きだしたかった条件だ。氷川は清和の表情からそう読み取る。

「一徹長江会や離反した二次団体や三次団体を粛清しなければ、長江組の看板を下ろしたようなものではないですか？」

　長江組の鉄の掟《おきて》において、分裂は決して許せない。離反した暴力団も粛清しなければならない。そうしなければ、長江組の沽券《こけん》に関わる。

「せやから、ここら辺で手を打ってくれへんか」

　俺がすべての泥を被《かぶ》る、という大原組長の覚悟が伝わってきた。己の進退にも関わる大問題なのに。

「人質や金の次は長江組のメンツですか」

「そうや、長江のメンツや」

「一徹長江会が敗北宣言して解散し、平松《ひらまつ》会長がヤクザを引退し、資産や利権をすべて譲り、女も引き渡し、先代長江組組長の墓参りでもしないと大原組長が危ない」

祐の含みを込めた言葉に対し、大原組長は鷹揚《おうよう》に答えた。

「しゃあないわ」

「一徹長江会がこのまま勢力を伸ばしたらどうしますか？」

「しゃあない」

大原組長に二心《ふたごころ》あるようには見えない。眞鍋組との休戦を第一に掲げ、ありとあらゆる覚悟を決めているのだ。

休戦するしかありません、と祐は目だけで清和に訴えた。リキも同じ意見らしい。

「大原組長の心、しかと受け取りました」

「関西の大親分は噂《うわさ》通りのいい男だな」

竜仁会の会長が称賛するように言うと、橘高も同意するように相槌《あいづち》を打った。縁側に控えていた安部や竜仁会の幹部も賛同したように手をついて頭を下げる。手打ちの儀式が整ったかのように。

……清和くん、やっぱり長江組の大原組長は大物だと思う。

戦争が終わるならいい。

これでいいよ。

大原組長とさっさと握手でもしなさい、と氷川は心の中で最愛の亭主に訴えかけた。

それなのに、眞鍋の昇り龍は口を固く結んだままだ。

「ボン、ここで大原組長の手を撥《は》ねのけるような男に育てた覚えはない」

橘高が苦笑混じりに注意すると、清和は反抗期の少年のような面持ちで言い放った。

「オヤジ、わかっている」

「姐さんをシマで拉致されたことが引っかかっているんだろう。竜仁会の親分に出られたら終わりだ。水に流せ」

「カタギを巻き込みすぎた」

清和の中で昨日《きのう》のマスターを巻き込んだ一件がしこりになっているらしい。確かめるまでもなく、首謀者である幹部を始末させたのは眞鍋の昇り龍だ。

「お前も派手にやっただろうが」

「控えた」

「あれで控えたのか」

橘高が呆《あき》れたように言うと、竜仁会の会長や居並ぶ幹部たちも一様に驚いていた。改めて不夜城の覇者の激しさを嚙《か》み締《し》めたようだ。

けれども、確実に空気は変わった。

「大原組長、長江組の組長として長生きしてください」

清和が真摯《しんし》な目で真っ直ぐに大原組長を貫く。皮肉でもなければ嘘でもなく、本心から大原組長による長期の長江組統治を願っている。

「そうやな。長江のやんちゃくれを抑え続けなあかん」

ここに長江組と眞鍋組の死体の山を築いた抗争の終結宣言が交わされた。一番苛烈《かれつ》な男に不満は見えない。

今度こそ、戦いは終わりか。

若い僧侶が手打ちの盃《さかずき》らしき人数分の般若湯《はんにゃとう》を運んできた。橘高の音頭により全員、一気に飲み干す。氷川も清和の隣で飲み干した。

「姐さん、元紀《もとき》のことおおきに。これからも頼むで」

大原組長に桐嶋について感謝され、氷川は胸が軽くなった。桐嶋の濡《ぬ》れ衣《ぎぬ》は晴れているから文句は言わない。ただ、元舎弟の桐嶋に無体な要求をしないように釘《くぎ》を刺した。

「はい。桐嶋さんは僕の大事な舎弟です」

桐嶋が眞鍋組と長江組の板挟みになることは避けさせたい。今回、長江組の罠《わな》により、桐嶋が矢面に立たされずにすんだからよかった。

「そや、俺の舎弟の時より生き生きしとうわ」

大原組長は妻の罪にも自身の罪にも触れないが、桐嶋に詫《わ》びていることは間違いない。長い間、後悔していたことも伝わってくる。

「桐嶋さんはこのまま東京で骨を埋《うず》めます。一緒にのんびり老後を楽しむ予定です」

「もう老後の話をしとんのか。敵《かな》わんなぁ」

このまま何事もなく平和になるように、氷川が祈ったのは言うまでもない。やまない雨はないし、明けない夜もないのだから。


帰りの車内には安堵《あんど》感や失望感、複雑怪奇な喪失感など、さまざまな感情が入れ乱れ、今までにない妙に重苦しい空気に包まれていた。言わずもがな、ほっと胸を撫《な》で下《お》ろしているのは氷川だ。

祐やリキは深淵《しんえん》に沈めた感情を口にせず、それぞれスマートフォンやｉＰａｄを操作している。幹部たちが各所に指示を出していることは間違いない。

清和は手打ち自体に不満はないらしいが、心の底では面白くないようだ。祐に頼まれるまでもなく、氷川は清和を宥め続けた。

「清和くん、これでよかったんだ。よかったんだからね」

「…………」

氷川は苛烈な男の手を握ったまま、優しい声音で何度も繰り返す。

「これで恐ろしい抗争は終わった。どうしてそんなに怖い顔をしているの？」

　氷川としてはこれから清和と一緒に祝杯でも挙げたい気分だ。それこそ、清和行きつけのステーキハウスでも焼き肉店でもいい。

「…………」

「もうちょっと優しい顔をして……あ、整形しろなんて言っていないからね」

「…………」

「……ほら、諒《りょう》兄ちゃんと一緒にアイスクリームでも食べよう。レインボーのフォトジェニック味でインスタ蠅《ばえ》のアイスがいいね。食べられる蠅があるんだね……って、よく意味がわからないけれど、若いスタッフから聞いたんだ」

　氷川が聖母マリアを意識して微笑みかけると、とうとう祐が笑いながら口を挟んだ。

「おじさん、無理しないほうがいいよ」

　魔女特有の冗談だとわかっているが、氷川は目を据わらせた。

「清和くん世代に言われるならまだしも祐くん……」

「姐さん、アイスよりおしゃぶりが妥当だと思います」

　魔女の言い回しにより、何を訴えたいのか気づいた。十歳年下の幼馴染みはアイスクリームでは喜ばない。

「清和くんは大きくなったからおしゃぶりはいらない……あ、大きくなったんだよね」

「俺たちは気にしませんから、エッチでもしてあげてください。車内も新鮮でいいんじゃないですか」

祐になんでもないことのようにサラリと言われ、氷川は驚愕で座席から滑り落ちそうになった。

「……こ、ここで？」

「はい」

「……あ、あとで」

氷川が白皙《はくせき》の美貌を朱に染めると、祐は高らかに言い放った。

「二代目、竜仁会会長に出てこられたら呑むしかない。わかっているはずです。シマにつくまでに機嫌を直してもらってください」

清和自身に機嫌を直せではない。二代目姐に機嫌を直してもらえ、とスマートな参謀は声高に指示している。

なんだかんだ言っても祐くんは清和くんに甘い、と氷川は心の中で呟《つぶや》きながら愛しい男の手を握り直した。

そのままさりげなく、清和のシャープな頰に唇を寄せる。

チュッ、と優しく触れて離れた。軽いキスでも清和の怒気のトーンがだいぶ下がる。十歳年上の恋女房にベタ惚《ぼ》れしているという証拠だ。

「清和くんもキスして」

氷川が甘い声で頼めば、仏頂面の美丈夫は逆らわない。そのまま氷川の唇に冷たいようで優しいキスを落とす。

「清和くん、もう一度」

氷川は愛しい男を抱き締め、燻《くすぶ》っている不満を消そうとした。なんとしてでも、わかってもらうつもりだ。

もっとも、清和もよくわかっている。ただ、何かに引っかかっているようだ。引っかかったままでも抗争を終結させればいい。氷川はその一念だ。おそらく、祐やリキも同じ気持ちだろう。

なんにせよ、待ったなしの幕引きだ。

血の臭《にお》いがしない幕引きを願ってやまない。

7

眞鍋《まなべ》組と長江《ながえ》組の手打ちから三日経《た》った。一徹《いってつ》長江会と長江組でちょっとした小競り合いはあるが、これといった騒動は起こっていない。拍子抜けするぐらい不夜城は普段通りだし、密接な関係の桐嶋《きりしま》組の街にしてもそうだ。

勤務先に長江組関係者や国内外の闇《やみ》組織関係者が乗り込んでくることもない。本日、病院内で暴れたのは、テレビ番組でお馴染《なじ》みの二代目代議士の親戚《しんせき》だというモンスター患者だ。

氷川《ひかわ》は内科医としての仕事を終え、いつもと同じようにロッカールームから連絡を入れる。深い草木に囲まれた待ち合わせ場所に到着すれば、すでに氷川送迎用の黒塗りのメルセデス・ベンツが停車していた。頭を下げているのは諜報《ちょうほう》部隊に所属しているハマチだ。

「姐《あね》さん、お疲れ様です」

ハマチはかつて藤堂《とうどう》組に構成員として潜入していた凄腕《すごうで》だ。優秀だったから、藤堂に目をかけられていたらしい。

「あれ？　今日はハマチくんなの？」

名古屋でショウの特攻を見てから、氷川の送迎はもっぱら吾郎《ごろう》や卓《すぐる》だった。周囲でさりげなく護衛しているのがイワシやメヒカリなどの若いメンバーだったのだ。

「はい。俺が送らせていただきます」

ハマチに手で指示されるまま、氷川は送迎用のメルセデス・ベンツに乗ろうとした。そうして、異変に気づいた。

「……あれ？　車が変わった？　同じ車種だけどちょっと違う？」

氷川が胡乱《うろん》な目で首を傾《かし》げると、ハマチは珍しく瞬きを繰り返した。

「……あぁ、エンジンのかかりがおかしかったので朝とは違います。よく気づかれましたね」

「今まで乗せてもらった車とどこか違うから」

「……さぁ、姐さん」

氷川が広々とした後部座席に乗り込もうとした時、背の高い草むらの間から黒塗りのメルセデス・ベンツが現れた。氷川が慣れ親しんだ送迎車だ。

……どういうこと？

僕専用の送迎車が二台？

今まで乗っていたのはそっちだ、と氷川は特別仕様の高級車を交互に見つめた。夜風が周囲の草木をざわめかせる。

果たせるかな、二台目の送迎車から物凄い勢いで飛び降りたのは眞鍋組の吾郎と卓だ。

「ハマチ、今夜の送迎は俺と卓だぜ」

吾郎が険しい顔つきで距離を詰めると、ハマチは怪訝《けげん》な目で確かめるように尋ねた。

「吾郎と卓？　急用ができて俺に変わったんじゃなかったのか？　俺はそういう指示を受けたぜ」

ハマチは上からの指示で二代目姐の迎えに上がったと主張した。嘘《うそ》をついているようには見えないが、吾郎と卓の表情は鬼と化した。

「魔女の指示で俺は藤堂の取引先に行った。途中、本物の魔女から連絡が入ったんだ」

吾郎は今にもハマチに摑《つか》みかかりそうな剣幕だ。どうも、偽《にせ》の魔女の指示で二代目姐の送迎係から外されたらしい。

「さすが、魔女」

ハマチは嘘の仮面を外すように感嘆の息を漏らすと、氷川の前にさりげなく立った。卓はスマートフォンを操作しつつ、素早く移動する。

ざわざわざわっ、と周囲の草木が一際ざわめいた途端、諜報部隊のメンバーが続々と現れた。神出鬼没のニンジャ部隊そのものの動きだ。外人部隊出身のアンコウを筆頭にベテランが多い。凶器は構えていないが、隠し持っていることは確かだ。

氷川は何がなんだかまったくわからず、人形のように硬直しているだけだった。

「ハマチ、姐さんをどうする気だ？」

吾郎はほかの諜報部隊のメンバーとは視線を合わさず、ハマチを真《ま》っ直《す》ぐに睨《にら》み据《す》えた。

「俺の口から聞きたいか?」

ハマチの口調はさして変わらないが、いつになく悲愴《ひそう》感が凄《すさ》まじい。ほかの諜報部隊のメンバーは今にも割腹自殺しそうな哀愁を漂わせている。

「ハマチ、魔女もわかっている。サメの命令だな?」

卓はスマートフォンを手にした姿勢で、ハマチに確認するように語りかけた。声の掠《かす》れ具合が凄まじい。

「卓、頭脳派なら頭を使え」

ハマチが苦笑を漏らすと、卓は泣きそうな顔で言った。

「姐さんの前でお前たちとやり合いたくない。頼むから引いてくれ」

「頭脳派が泣き落としか?」

「ハマチらしくないぜ。悪ぶってもいい奴《やつ》のくせにやめろよっ」

卓が感情を剝《む》きだしにすると、ハマチは髪の毛を搔《か》き毟《むし》った。

「坊ちゃん、やめろ」

「やめるのはそっちだーっ」

旧家の子息の爆発に折れたのか、ハマチは夜空を見上げながら明かした。

「サメがブチ切れエスプリをこじらせた。俺たちも気持ちがわかるから止められない」

「ブチ切れエスプリをこじらせたらこれか？」

「そうだ。外人部隊のニンジャはそういう面倒な男だ。今まで二代目におとなしく仕えていたほうが奇跡だぜ」

「二代目にきちんと伝える。だから、頼むからここはひとまず、引いてくれ。姐さんを泣かせるな」

「俺も姐さんに泣かれると辛《つら》い」

ハマチが肩を落とした時、ようやく氷川の舌が動いた。

「……ハ、ハマチくん？　いったいどうしたの？」

グッ、と氷川はハマチのスーツの裾《すそ》を摑んだ。壮健な若者が強制入院の必要な患者に思える。

「姐さん、二代目に裏社会制覇を成し遂げるように進言してください。それだけです」

一瞬、ハマチが何を言ったのか、氷川は理解できなかった。

「……え？」

「眞鍋の昇り龍が天下を取らず、いったい誰が天下を取りますか」

ハマチは苦渋に満ちた顔で言うと、氷川の身体《からだ》を卓のほうに押し、目にも留まらぬ早さで後部座席に飛び込んだ。

いつの間にか運転席に座っていたアンコウが、黒塗りのメルセデス・ベンツを発車させる。周囲にいた諜報部隊のメンバーも忽然《こつぜん》と消えていた。

これらは一瞬の出来事で氷川は声を上げる間もなかった。一陣の風に頰《ほお》を打たれたような気分だ。

「姐さん、大丈夫ですか？」

卓に心配そうな顔で声をかけられたが、氷川は気持ちをうまく言葉にすることができなかった。

「……ハ、ハマチくんは回転寿司《ずし》の物真似《ものまね》が……サ、サメくんの部下だからみんな悪戯《いたずら》が好き……宴会芸の練習だよね？」

氷川の支離滅裂な言葉に対し、卓は聞き返したりはしない。悲痛な面持ちで氷川に必要な情報を告げた。

「姐さん、サメが二代目の命令を無視しました。竜仁《りゅうじん》会会長の仲立ちですから、このままだと二代目の立場が危なくなります」

ガツン、と氷川は金属バットで後頭部を叩《たた》かれた。……いや、叩かれたと思った。

「……サメくんは一徹長江会を解散させて、ヤクザを引退して、心不全で亡くなったふりをして、東京に戻ってくる手はずでしょう？」

祐《たすく》やリキは死体を増やさない後始末を計画した。一刻も早く一徹長江会をたたみ、サメが扮《ふん》した平松《ひらまつ》が引退しなければならない。長引けば長引くほど、長江組系の混乱が続き、被害が拡大するからだ。

予定では今日、サメは事実上の敗北宣言である引退宣言をする予定だった。ニュースで流れないからおかしいとは思っていたのだが。

「サメは長江組系の暴力団に対する攻撃をやめていません。今まで通り、水面下で一徹長江会の勢力を伸ばしています」

卓が青い顔で明かした状態は、清和《せいわ》の信用を地に落とす。竜仁会の会長の顔に泥を塗ったようなものだ。

「……え？　大原《おおはら》組長と清和くんは終結宣言したよね？」

「このままだと一徹長江会が長江組を壊滅させます」

「サメくんがどうして？」

サメのバカンスを求めるオカマ声が耳に馴染んでいる。飄々《ひょうひょう》として掴《つか》み所《どころ》のない男だが、権力志向でなかったことは確かだ。清和に成り代わる気も関西を統《す》べる野心も抱いてはいなかった。

「宋《そう》一族のダイアナにサメが籠絡《ろうらく》されたとしか思えません。宋一族は関西方面に弱い。前々から狙《ねら》っていたようですが長江が強すぎて隙《すき》がなかった」

サメは協力を仰いだ宋一族の大幹部に操られているというのか。氷川は知らなかった事実に愕然《がくぜん》とした。

「……そ、そんな」

宋一族のダイアナと言えば、楊貴妃《ようきひ》という異名を持つ美貌《びぼう》の大幹部だ。世界的に認められている実力者だと聞いた。

「手強《てごわ》い奴が敵に回ったようです」

ラスボス、と卓は独り言のようにポツリと零《こぼ》した。早くも眞鍋組ではサメを裏切り者として認定しているようだ。

「……ま、まだ敵に回ったわけじゃないでしょう」

氷川が切実な想《おも》いを口にすると、卓は闘う男の目で言い切った。

「今、サメの命令でハマチが姐さんを拉致《らち》しようとしました。眞鍋に対する離反表明だと思ってください」

祐からの連絡がなければ、この場に吾郎と卓はいない。氷川はハマチの車に乗ってどこかに連れ去られていたのだろう。拉致され、監禁されていた可能性は否定できない。

「サメくんが離反？」

「サメの部下たちも全員、離反したものと覚悟してください」

サメが諜報部隊のメンバーを連れて眞鍋組に背を向けたら、今回の長江組分裂以上のダメージだ。眞鍋組の屋台骨が崩れ落ちたに等しい。

「……そ、そんな……」

降り続ける雨はないし、明けない夜はない。雨がやみ、夜が明けたと思ったのも束《つか》の間《ま》のこと。

予想だにしていなかった暗黒の闇に包まれた。

サメがタチの悪い芸人根性を炸裂《さくれつ》させたと思いたい。

サメに直《じか》に会って問《と》い質《ただ》したい。

その前に愛《いと》しい男に会いたい。

清和くん、僕の清和くん、嘘だよね、と氷川は無明《むみょう》の闇の中で愛しい男を捜す。一刻も早く、愛しい男とともに諜報部隊の責任者を迎えに行きたい。夜空の向こうには平和で幸せな時間が流れていると信じこんだ。

あとがき

講談社X文庫様では五十一度目ざます。本場のアーユルヴェーダを受けるために、インド旅行を計画している樹生《きふ》かなめざます。

……が、無理でしょうか？　インド旅行は若いうちに経験しておけ、とよく耳にしておきながら今に至っているのですが……インドよりロシアが先でしょうか？　切羽詰まった悩みざますが、氷川《ひかわ》と愉快な仲間たちはいったいどこに流れていくのでしょう？

担当様、どこに流れていくのか……ではなく、いつもありがとうございます。

奈良千春《ならちはる》様、どこに流れていくのか教えてください……ではなく、ありがとうございます。

読んでくださった方、ありがとうございました。

再会できますように。

川の流れに身を任せている樹生かなめ

『龍《りゅう》の試練《しれん》、Dr.《ドクター》の疾風《しっぷう》』、いかがでしたか？

樹生《きふ》かなめ先生、イラストの奈良千春《ならちはる》先生への、みなさまのお便りをお待ちしております。

樹生かなめ先生のファンレターのあて先

〒112-8001　東京都文京区音羽2-12-21　講談社　文芸第三出版部「樹生かなめ先生」係

奈良千春先生のファンレターのあて先

〒112-8001　東京都文京区音羽2-12-21　講談社　文芸第三出版部「奈良千春先生」係

N.D.C.913　223p　15cm

樹生かなめ（きふ・かなめ）　講談社X文庫

血液型は菱型。星座はオリオン座。
自分でもどうしてこんなに迷うのかわからない、方向音痴ざます。自分でもどうしてこんなに壊すのかわからない、機械音痴ざます。自分でもどうしてこんなに音感がないのかわからない、音痴ざます。自慢にもなりませんが、ほかにもいろいろとございます。でも、しぶとく生きています。
樹生かなめオフィシャルサイト・ROSE13
http://kanamekifu.in.coocan.jp/

white heart

龍《りゅう》の試練《しれん》、Dr.《ドクター》の疾風《しっぷう》

樹生《きふ》かなめ

●

2020年3月3日　第1刷発行

定価はカバーに表示してあります。

発行者——渡瀬昌彦
発行所——株式会社 講談社
東京都文京区音羽2-12-21 〒112-8001
電話 編集 03-5395-3507
販売 03-5395-5817
業務 03-5395-3615
本文印刷—豊国印刷株式会社
製本———株式会社国宝社
カバー印刷—半七写真印刷工業株式会社
本文データ制作—講談社デジタル製作
デザイン—山口　馨

ISBN978-4-06-518750-0